徳間文庫

# 草の根分けても

西村　望



徳間書店

目次

# さんさの時雨《しぐれ》

# 1

妻木多四郎が甲州谷村《やむら》陣屋で、陣屋の書役である銕蔵《てつぞう》と膝《ひざ》を突き合わせたのは、文政五年（一八二二）四月晦日《みそか》のことだった。

多四郎はこの日江戸から帰り着いたばかりだ。

「ご苦労であったな」

銕蔵が労《いた》わる目で多四郎を見る。

「ウン」

多四郎はうなずいた。この銕蔵は多四郎と同じ田谷《たや》という村の出である。田谷はこの谷村から南西方向に小一里。

谷村は峡谷を眼下にする山間《やまあい》の町だが、田谷も似たようなたたずまいの山の里だ。そういうところに生まれ育った銕蔵であったが、読み書きに堪能であったところを見込まれ、早くからこの陣屋に書記として登用されている。

そういう男だ。

もっとも陣屋といっても、ここのそれは石和《いさわ》代官所の出張り役所に過ぎないから、構えなんかもそう大きなものではない。家中《かちゅう》川という、桂《かつら》川から出てまた桂川にはいる小流を堀とし、それに石垣の惣囲《そうがこ》いをめぐらし、囲いの中に茅葺《かやぶ》きの陣屋本屋、籾蔵《もみぐら》、長屋など四つ五つの建物を配しただけの、きわめて小ぢんまりとした造りのものだ。

「五貫文だったそうじゃあないか」

銕蔵がいう。

「ウン」

多四郎はもう一度うなずいた。

多四郎をふくむ田谷村の村役ら三、四人が、勘定奉行松浦伊勢守の差紙《さしがみ》で江戸表まで呼び出されたのは、三《み》月ばかり前の二月のことである。その少し前に田谷村内で一つの殺人事件があったのだが、それの処理に不手際があったとして、村役一同が江戸に呼ばれ、あげく、

「村方の扱い粗略」

ということで五貫文の過料をいい渡されたものだ。銕蔵はそれをいったのだ。

五貫文は銭にして五千文。金貨なら一両と二分。一村の負担にしては軽いものだが、過料よりも問題なのは関係人の江戸滞在費だった。なにせ百日にもおよぶ長い逗留《とうりゅう》。それに使った費用は並みではないし、費用以上に関係人一同疲れ果てている。多四郎とて同じ

ことだが、多四郎はその裁判疲れ逗留疲れに加えて、もう一つ、他人にはとても語れぬような心労をも抱え持っていた。

それがあるから田谷村に直行する一行とは別れて、一人して顔馴染《なじ》みの銕蔵を訪ねてきたというわけだ。

「さて」

江戸のはなしが一切りしたところで、多四郎はあらたまって銕蔵にいった。

「おそめが仇《あだ》討ちの願いを差し出したというではないか」

「ウン、先々月だったか。だが、お取り上げとはならなんだそうだ」

「それだ。なぜお取り上げとはならなんだのか。そのわけを聞こうとて、こうしておぬしを訪ねてきたのだ、わけを聞かしてくれ」

多四郎はつづけた。

おそめというのは多四郎の妻。

年は二十六。

田谷村の隣村は井出《いで》というところだが、おそめはそこの出で、下に二つ違いの妹がいて、これは井出よりは五、六里北の花咲《はなさき》という里に嫁《とつ》いでいた。しかるにその妹がなぜか嫁いだ先の亭主に殺されてしまったのだ。

一年前の二月のことだったが、殺した亭主はそのまま逃走し行方を絶ってしまった。この行方をくらました亭主というのを探し出し、妹の敵《かたき》を討つとおそめがいい出したのは、妹の死後、二、三か月たってからだ。幸か不幸かおそめには腕に若干の覚えがあった。それで敵討ちなんぞといい出したのだが、多四郎は反対した。

敵討ちなど容易にできることではないからだが、殺された妹が気の強い女であったように、姉のおそめもそれで、いったんいい出したことはめったなことでは後に退《ひ》かない。そういう女だった。

夫婦は論争を重ねた。

多四郎がおそめの仇討ちを諒《りょう》としないのには理由があった。多四郎の妻木家というのは甲斐《かい》武田の流れを汲《く》む旧家で、武田が滅亡する以前に甲府から郡内《ぐんない》といわれるこのあたりに移ってきたもので、そういう家筋をこのあたりでは落人《おちうど》衆とも由緒《ゆいしょ》家ともいって、別格の扱いをする。

妻木もこの由緒の家系で、多四郎はそういう家の跡取り。だから一日も早く多四郎の跡を取る子を作らなければならなかった。それがあるがゆえに迎えたおそめなのに、そのおそめ、いまだに身籠《みごも》ったという気配を見せない。なのにここで敵討ちなんぞに出してしまえば、跡継ぎの件は空《くう》になってしまう。

そこを多四郎は懸念したのだ。

もし、おそめが帰らぬ身となってしまえば多四郎は二度の妻を迎えるか、それとも外《げ》借腹《しゃくばら》にでも子を生ませるかのほかに、跡継ぎを得る手を封じられてしまう。

外借腹とは妻にあらざる女の腹のことだが、それはしかしできることなら避けたい。ということで反対を表明したのだが、おそめはそういうことよりかは、妹の無念を雪《すす》ぐことのほうが先だといい張り、去年六月、引き止める多四郎の手を振り切るようにして、旅立ってしまった。

以後一、二度はたよりがあって金銭の無心などをしてきたが、それもそのうちに絶え、やがて生死のほどさえも摑《つか》めなくなってしまった。

するうち多四郎らの江戸召喚だ。

しかもそれが百日にもわたる長丁場となり、いっそうおそめの消息からは遠ざかっていたが、長い裁判もようやく終息しようかというときになって、ふとしたことから多四郎はおそめが田谷村に立ち戻っていることを知った。

おそめは敵の所在を突き止めたが、それを討ち果たすには谷村陣屋の赦《ゆる》し状がなければならない。そこで彼女はそれを得ようと陣屋に出願したらしいのだが、なぜか陣屋の赦免は出ず、おそめは失望して田谷村の妻木家に引き籠ってしまったというのだ。

田谷村から江戸の訴訟関係者に送られてきた通信文の端に、そのことがわずかだが書き誌《しる》されていたのだ。

しかし、なぜ陣屋がおそめの願い出を不許可としたのか、それは誌されてはいない。

「なぜなのか」

多四郎は首をかしげたが、そのうちに一件は落着、一行は江戸を離れて帰村の途についた。が、多四郎のみは帰村よりはまず陣屋へと、こうして銕蔵を訪ねてきたのだった。

「なぜお赦しが出なかったのか」

長旅で多四郎はいっそう疲れていたが、それを抑えて銕蔵に聞いてみた。

「さればだ」

銕蔵も多四郎がくるであろうことは予想していたのか、軽くうなずいて、そのまま部屋の外に出ていった。たぶん一件の書類でも取りにいったのであろう。出た戸口は開け放したままであったが、開け放しの出入り口の向こうに、富士の山の頂きが迫《せ》り上がって見えている。

多四郎はそれに目をやった。

富士は杓子《しゃくし》山と鹿留《ししどめ》山のあわいあたりからぬっと出て、どうだといわんばかりにあたりを睥睨《へいげい》している。

鋏蔵が簿冊を手に戻ってきたが、それはわが膝近くに置いたままにして、

「こなたは亥吉《いきち》という者を知っておるか」

と、そんなことを聞いた。

亥吉という名には多四郎は覚えがない。

「亥吉は四谷塩町《よつやしおちょう》の足袋《たび》商吉助の伜《せがれ》で十五。お内儀はこの者を供に諸国をめぐるうち、三州加茂郡で敵の在り拠《か》を知り、仇討ちの赦免を願い出てきた。ことし二月末のこと。役所としてはくわしい事情を聴き取らなければならん。そこで二人を別間に置いていろいろと問い質《ただ》すうち、亥吉が途方もないことをいい出した。道中ずっと二人は不義を重ねていたとな」

エッと、多四郎は息を飲んだ。

ふいにおそめの猥《みだ》らな股間が目に見え、あの際のいきだわしい喘《あえ》ぎが耳に戻ったからだ。

「まことのことか、それは」

睨《にら》む目で多四郎は鋏蔵を見た。

「お内儀はそれはないといい張ったが、亥吉のいったことはこれにすべて書き留められてある」

鋏蔵は簿冊の一部を開いて見せた。

首を差し延べた多四郎の目に飛び込んできたのは「不義」の二字だった。

多四郎は腰が抜けてしまいそうな虚脱を覚えた。あのおそめが密通を、それも子供あがりの少年とと思うと、いたたまれぬ思いに駆られる。

多四郎はいうべきことばを失ったが、そういう多四郎を銕蔵は気の毒げに見て、

「不許可はこの亥吉の口書きのせい。仇討ちの旅ではなく不義密通の日々であったと断じられたからだ。だから願いは不採用、亥吉はところ払い、お内儀が敵と見た妹婿は殺人者として勘定方から町奉行の手に移ってしまった」

仇討ち赦免が出なかったわけはそれさ、多四さんと、銕蔵はそんな目をして多四郎を見た。

殺人逃亡者の扱いが町奉行の手に移ってしまえば、敵討ちなど遠く手の届かぬものとなってしまう。

敵討ちそのものがなくなってしまうのだ。

## 2

おそめの妹のおみよが、夫の手にかかって死んだのは、去年二月のことだった。

その日おみよは夫の村井造酒《みき》とつれだって、井出村に里帰りしていた。

井出村は田谷よりはまだ南の、もう相州との国境に近いあたりの山の里だが、それに川戸伝助という、おそめおみよの実父が住んでいる。

それへ帰っていたのだ。

伝助は相模《さがみ》中荻野《なかおぎの》村に陣屋を持つ大久保某という外様《とざま》侯の家臣であったが、もう二十年も前に浪人し、妻の出所《でどこ》であった井出村に帰農していた。その伝助、実は四天《してん》流という剣技の手練《てだ》れでもあって、帰農後もそれを近在の若者らに教えたりもしていた。

おそめはそれの門前の小僧、いつの間にか父の四天流を自得していたというわけだ。が、それはさて置き、おみよ夫婦の里帰りには二つのわけがあった。

一つは父の伝助がいささか老耄《おいぼれ》の萌《きざ》しを見せはじめたこと、そしてもう一つは、おみよの夫の村井造酒の江戸行き。

この二つだった。

おみよが父の面倒など見ている間に、造酒は江戸に行き、仕官の口でも探すか、それができなくともなんとか江戸で生きる手立てをしてみる。

夫婦、そう相談しあって、揃《そろ》っての里帰りとなったものだ。

夫婦は甲州道中筋の花咲というところに住み、造酒はそこで手習い子を集め、かな文字だの行書の崩し方だのを教えていた。だが、それでは先になんの希望も持てない。そこで「江戸へ」ということになったものらしい。

これは半呆《ほ》けではあるが伝助がおみよの口からそうと聞いていて、それをおみよの死後、おそめに、「それであれらはきたのさ」と語ったことからわかったものだ。

花咲から江戸に向かうには甲州道をそのまま行くのがべんりだが、井出村からだって江戸へは行けなくはない。井出村の近くを鎌倉道というのが通っていて、それは途中で東海道と合流する。造酒はその道を行こうとて、あえて妻と同道してきたものだという。

造酒というのはごく平凡な人間であったらしいが、妻のおみよのほうはそうではなかった。姉のおそめがそうであるように、妹のおみよもまた人を人とも思わぬ片意地なところを持つ女であったようだ。造酒はそういう妻に辟易《へきえき》し、おりがあれば離別をと、どうもふだんから思っていたようだ。

岳父の見舞いにことよせて井出村に行き、そこにおみよを置き去りにして逃げるというのが、造酒のほんとうの肚《はら》の内であったようだが、おみよはそうとは気づいていなかったらしい。

だから悲劇は起きた。

その夜、夫婦は伝助方の離れ座敷で同衾《どうきん》した。

つぎの日になった。

だが、夜が明け、朝が小昼になってもおみよは起き出してこない。半ば惚《ほう》けているとはいえ伝助もさすがに不審に思い、離れの間をのぞいてみた。するとおみよは絞め殺されていて、かたえにいなきゃならぬ婿どのも、婿どのの手廻りの荷もともに消えていた。

ということは、夫婦はその夜になんらかのことでケンカをはじめ、それが昂《こう》じ、あげくは殺し殺されるということに発展したのではないか。

おそめはそういう。

おそめからそうと知らされた多四郎も、たぶんおそめのいうとおりの事情であったろうと、思った。

なにせ、どうかしたら手に取れぬところのある伝助の娘二人なのだ。

口も、姉妹ともにうるさい。

造酒がかっとなって手を下したのもわかる気がする。わかるだけに、

「妹の敵を討つ」

といい出したおそめの考えには同意できなかった。

「耄碌《もうろく》した父を見捨てるつもりか。かりに敵を討つにしても、父の行く末を見取った上でも遅うはないではないか」

そういう意味のことを多四郎はいって反対したが、矯激《きょうげき》な性格のおそめは受け付けない。父の病いは病い、敵は敵、べつのものだといい張ってきかない。なまじの四天流が彼女の判断を過《あやま》らせているのだ。

多四郎はおそめの心得違いを指摘し、さらに、

「どうもお前は意地拗《く》ねに過ぎる。そんなことではいまに火宅の者になって、三界に身の置きどころとてないあわれな立場に立ってしまう」

ともいった。

多四郎としてはごく正常なことをいったつもりであったが、おそめはそうは取らず、

「敵討ちがなぜ火宅に繋《つな》がるのですか」

と反論する。

敵討ちもわるくはない。しかし、おそめはおみよの姉。姉の敵を妹が討つのは順で道理に合っているが、その逆は道理に叶《かな》わず無用とされているし、それにいまのおそめは多四郎の妻。すなわち妻木家の人間だ。敵討ちなんぞを考える前におそめは多四郎の妻として、また妻木家の一人としてしなければならぬことは山とある。

たとえば妻木家の嗣子《しし》をつくることもその一つであろう。

そうも多四郎はいって翻意《ほんい》をうながしたが、それでもおそめは納得はしなかった。あく

までも、

「討つ」

　といい張る。

　多四郎は根負けをし、しまいには譲歩した。

「一年、と日を限《き》ろうではないか。一年探しても造酒の所在が知れないときは、もうあきらめる。それと、お役所に敵討ちの赦免を願い出ても、さきにわしがいうたような次第でにわかにはご赦免は下りないであろうから、お赦しを願い出るのは造酒の居どころを突き止めた後とする。この二つを約束するならわしも承知せんでもないし、路銀その他の面倒も見んでもない」

　この多四郎の譲歩にはさすがのおそめも感激し、

「一年たってもめどが立たぬときはいさぎようあきらめて、ここに戻ってまいります」

　と、誓った。

　多四郎は当座の旅費を手渡し、必要分はたよりを得次第に送金することを約束し、そのうえで、

「ところで、まずどこを指して行くつもりか」

　と聞いてみた。

「江戸にまいります。江戸の四谷に遠縁の者がおりますゆえ、とりあえずその者に頼ろうと思います」

といった。

亡母の従兄弟《いとこ》に当たる吉助というのが、四谷の塩町三丁目だかで足袋商を営んでいるから、それへ頼る。

おそめはそういった。

そして出かけたのだが、そのおそめ、多四郎と約束した一年がようやく終わろうかというときになって、造酒の所在を掴んだ。掴みはしたが、これも多四郎との約束どおり陣屋の許諾を受けるべく帰ってきた。だからそれはそれでよいのだが、聞いてみるとおそめはこともあろうに、まだ子供であるといってもいい十五の少年と、不義密通を重ねていたのだという。

ために仇討ち訴願はお取り上げとはならなんだのだという。

いったいおそめはこの一年、どこでなにをしていたのか。

# 3

亥吉の口書きそのものを見ることは許されなかったが、そのかわりそこに書かれてある内容は、銕蔵があますところなく伝えてくれた。

それによるとおそめ不義のいきさつとは、大要こういうことだった。

前年六月。

江戸の土を踏んだおそめは多四郎にいっていたように、塩町三丁目に百足《ひやくそく》屋吉助を訪ねた。

塩町三丁目は四谷の大通りを挟む両側町だが、百足屋はそこで足袋、刺子《さしこ》、腹掛《はらかけ》、京草《ぞう》履《り》のたぐいを扱っていて、お店《たな》の構えもまああのものであったという。

これは亥吉の口書きに頼るまでもなしに、おそめからの初のたよりで多四郎はすでに知っていた。

そこへおそめはわらじを脱いで、その日から江戸市中に造酒の姿を求めて歩いたが、いたずらに日はたつものの造酒を見つけるまでにはいたらなかった。

そうこうするうち文政四年は暮れて新しい年の正月を迎えたが、それでもやはり造酒の所在は知れない。

　おそめは落胆した。

　これほど探しても手掛かりの一つとしてないということは、もしかしたら造酒は東国ではなく、西国筋にでも潜《ひそ》んでいるのではないか。

　探しあぐねたおそめは迷いを覚え、寄留先の吉助にそれとなく相談をかけてみた。都合で上方《かみがた》へでも行ってみようかと、思い立ったのだ。

「あるいはそういうことかもしれません。京大坂のあたりをお探しになるのも一つの方法でしょう」

　吉助はそういって上方探索に同意してくれたが、同意したばかりではなしに吉助は、

「もし上方に行かれるなら、途中まで伜の亥吉を供としておつれくださらんか」

　ともいった。

　亥吉は吉助の伜でことし十五になるのだが、それが前まえからお伊勢参りをしたがっている。もしお前様が西に向かわれるのなら、途中までその亥吉に荷物など持たせ、同道してもらえるとありがたい。十五ではまだ子供とお思いだろうが、ご存じのようにあれは大柄。それに力持ちでもあるしするので、道中、かりに敵に出会うようなことがあってもなんぞのお役には立ちましょうから、ともいった。

亥吉のことはおそめもむろん知っている。十五とは思えぬような背丈の持ち主だし、肩幅なんかもおとなのように広い。それが同道してくれるというのなら心強いし、助かる。

おそめは単純にそう思った。

伊勢への道は東海道の四日市《よっかいち》から岐《わか》れる。四日市の日永《ひなが》から十六里で伊勢の大神宮である。

おそめは承知し、亥吉も、親の吉助も喜んで、吉助は過分の銀を餞《はなむけ》として贈ってくれたりした。

おそめが一、二度しか多四郎に金銭の無心をしなかったのは、吉助のこの扶《たす》けに負うところが大きかったからだ。

おそめ亥吉の二人は江戸を立った。

正月の月もすんで、暦《こよみ》が二月にはいったばかりの日のことだ。

おそめは多くはないが、それでもいくらかの荷は持っている。糸立《いとだて》にくるんだ小太刀《こだち》とか、振り分けの衣類とかがそれだが、それらの大方は亥吉の背に移ることになった。

亥吉は親の吉助がいったとおりの力持ちであったし、それにこの少年、年のわりには知恵もおとなびていて、おそめにとっては願ってもないような旅の伴侶《はんりょ》となってくれた。

二人は西をめざした。といってもやみくもに先をめざさなければならぬという旅ではない。それどころか、どこぞで造酒を見かけはしないかと、もっぱらそっちにばかり神経を使っているから、足はいっこうにのびない。

江戸を出てもう七日にもなろうというのに、二人はまだ沼津かいわいをうろついていた。沼津の宿《しゅく》から南へ十丁ばかりのところに川廓《かわぐるわ》というところがある。狩野《かの》という川の、河口にできた港の町で、魚河岸《がし》もあれば船宿も何軒かある。

二人はその船宿の一つにやどをとっていた。肌付《はだつき》を洗って乾かす必要もあって、そこを臨時の泊まりとしたのだ。それにこの川廓からは江尻に向かう船も出ている。海上七里。右手に千本松原と富士の高嶺《たかね》を仰いで行く船路だが、それにも一応の当たりを取るつもりで、沼津からあえて足をのばしてきたものだ。

船宿では二人は二階の間に案内されたが、さいわいその部屋からは江尻行きの船着き場を見ることができる。江尻に行く船は狩野川尻に突き出た突堤から出るんだそうだが、やどの二階から見下ろしてもダシ《だし》には船の一杯もいず、旅客らしい者の姿も見当たらなかった。ただ、投網《とあみ》を打つ人の影が二つ三つ見えているだけだ。

夜がきた。

洗い物はやどに頼んで、やどの裏手に干してもらっている。

明朝までには乾くに違いない。

「七日目だね」

湯から上がってきて、おそめは亥吉にいった。

頭を洗ったので髪は丈長《たけなが》で軽く纏《まと》めたままだ。

今夜は泊まり客も少ないのか、二人はいつもの割り床ではなく二人して一室を与えられていて、借り切りのようなもの。だから人目を気にすることもなかった。

「はい、七日目です」

打てば響くように亥吉は答えた。

おそめは有明《ありあけ》の明かりで亥吉を見た。まだどこやらに幼顔《おさながお》を残しているが、それとはべつに急成長する若芽の強靱《きょうじん》さも見せている亥吉の表情だった。

「恋しくはありませんか」

箱枕に頭を載せながらおそめは聞いてみた。

「江戸がですか」

「そう」

「そんなことはないです。かえってさばさばしてますさ」

亥吉はいっぱしの口をきく。

亥吉もどうやら枕に頭を載せたようだ。

おそめの脳裏にはいろいろな思いが走る。だが、それらはいくら思ってみてもどうしようもないことばかり。要は、早く造酒にめぐりあい、そしてみごとに仕留めて一日も早く田谷村に帰ること。それ以外の思いは水の流れに浮かぶ泡のようなもの、浮かんでは消え、浮かんでは消えするだけ。思ってもせんないことばかりなのだ。

「ねえ」

雑念をふっ切ろうとて、おそめは亥吉に声をかけた。

「はい」

亥吉が答えた。

「お前は若いから大丈夫だろうけれど、もしかして足腰がだるいなんてことはないの」

「それはないですよ、ご新造さんはだるいのですか」

「すこし、ね」

「そういうときには足に焼酎を呑《の》ませたらいいといいます。足が酔っぱらって、だるさを忘れるとか。なんなら揉《も》んで差し上げましょうか」

身軽に亥吉は這《は》い起きて、

「あんま、けんびき、三十二文」

などと、おどけた声を出しながら、おそめのそばにきた。

「それじゃあ三十二文用意しようかね」

おそめも調子を合わせ、腹這って胸に枕を抱えた。

亥吉はさっさとおそめの裾《すそ》に廻り、夜着の上からおそめのふくらっ脛《ぱぎ》のあたりを抓《つま》んだ。

ジーンと、脳天に響くような快感が走る。

「ウン」

と、おそめはうめき声を立てた。

亥吉の力の強い指はおそめの凝《こ》ったふくら脛を揉みほぐし、やがてゆっくりとひかがみからもものほうに上がってくる。

両脚ともにだ。

おそめはいわくいいがたいここちよさに酔い、こうなればものはついで、腰のあたりもとあまえごころを起こし、

「腰もすこし押しておくれでないか」

と要求した。腰椎《ようつい》の下端あたりになんともいえぬかったるさを覚えている。そこをキュッと力強く押してもらったら、どんなに気持ちいいことか、そう思ったからだった。

おそめは気がつかないでいたが、腰も押してと亥吉にあまえたときには、彼女の裾はすでにかなり乱れていた。亥吉が揉みやすいよう、亥吉の指の動きにこっちがからだの向き

を合わせたせいもあるが、夜着の裾はかなりはだかっていた。

とはおそめは気づかず、「腰」を催促したが、なぜか亥吉の指は求めたところにはこない。

じれったがって、おそめは首をねじって亥吉を見た。するとどうだろう、亥吉はおそめのふともも に目を据《す》えたまま、塑像《そぞう》になってしまっているではないか。

「どうおしだえ」

と、いおうとしておそめはわが裾がみだらな姿になっているのを知った。と同時に、亥吉の異常にも気づいた。

見れば亥吉はガタガタと、音を立てそうなほどにふるえている。

「お前……」

といいかけたおそめは、そこで見てはならぬものを見てしまった。亥吉がおとなの男と同じものを露出させ、それを片手で握り緊《し》めているのを見てしまったのだ。

鈍い灯心《とうしみ》の灯がそれを暗く浮き上がらせている。

おそめは一瞬自分が痴呆になったのを覚えた。

「いきち」

と、おそめは亥吉を呼んだが、亥吉の名を呼んだ自分の声におそめはかえってそそのかされ、むっくりと身を起こした。そして身を起こすなり亥吉にむしゃぶりついて、亥吉をそこにねじり倒していた。

もう野となれ山となれ、そう思っていた。

## 4

おそめは敵討ちを棚上げし、道中ずっと十五歳の少年にいろかぶれしていた。これでは敵討ちとはいえず、したがって赦免もできぬというのが陣屋の裁許であったが、皮肉なのは二人が密通をしたがために、かえって造酒の所在の炙《あぶ》り出しを早めたという点、いわば怪我の功名であったが、陣屋はそれにも理解は示してはくれなかった。

川廓の夜から十日ばかりたったが、二人はまだ岡崎のあたりにいた。沼津、岡崎間は約五十里とされているから、二人は日に五里そこそこの道しか歩いていないことになる。

亥吉の口書きではそういうことになっている。早かった春もこの十日がうちにすっかり和《やわ》らいで、どうかしたらうららとした陽気に包まれる日中もある。そういう日、もし濃い木々の茂みでも見ようものなら、おそめ亥吉、ともに目くばせしあって緑陰に忍んで、熱い一時《いっとき》を過ごしたりした。

だが、それでも足はやはり西に向けていた。だから、かならずしも陣屋がいうように敵討ちを二の次としていたわけではなかった。目は、やはり八方に散らしてはいた。

岡崎でもそうだった。

岡崎市中を抜ける東海道は二十七曲がりしているといわれるほど、そこここで折れ曲がっている。そういう曲がりでも油断のない目を放っていたが、そのうちに亥吉はおそめの姿が消えているのに気づいた。はぐれたらしいのだが、だが心配は無用だった。二人はともに西をめざしている。だからたとえ岡崎で互いを見失ったとしても、さらに西に向かうなら二人とも矢作《やはぎ》の大橋を渡らなければならないからだ。

ならば大橋の上で待ち合わせるのが得策。

おそめの姿を見失った亥吉はそう考え、すぐさま矢作川に架かる大橋に上がった。

矢作大橋はその長さ二百余間。東海道随一の長大橋とされ、そのむかし流浪《るろう》中の藤吉郎が野武士の蜂須賀小六と出会ったのも、この橋の上とされる。そういういわくを持つ橋だが、それへ亥吉が上がると、橋の高欄《こうらん》に倚《よ》りかかって、熱心に橋下を見ている少年がいるのに目がついた。

年のころ十二、三でもあろうか。牛は牛づれで、亥吉はすぐ少年に声をかけた。

「なにを見てるのさ」

すると少年は振り向いて亥吉を見たが、これも牛は牛づれと見たのか、

「土場《どば》だよ」

といった。土場とは江戸でいう河岸のこと。矢作川は大河だから船の上下が激しい。河口からは塩だの海産物だのが上がってくるし、上《かみ》のほうからは木材、薪炭《しんたん》、米、たばこなどが下ってくる。船で、だ。その船、ここらでは帆掛け船と呼ばれていて、そのうち船丈《ふなたけ》十間ばかりのを川船、その半分くらいの大きさのを半艘《はんそう》というんだそうだが、それらの往き来がやたらとあるのだ。

少年はそれらの船や、河岸に揚げられる荷などを見ていたらしい。

亥吉は振り返って岡崎の町を見たが、おそめはまだこない。

亥吉は少年と並んだ。

「おいらは江戸の生まれで亥吉というんだが、お前はこの岡崎の者かえ」

「いや、おれは九久平《くぎゅうだいら》の者さ」

「九久平だって……、それはどこにあるんだ」

「知らないのかい。この川を二里のぼったら渡合《どあい》、渡合で巴川《ともえ》にはいってもう二里のぼったらそこが九久平。松平様のご領地で港もある。にぎやかなところだぜ」

少年は自慢した。松平様というのはお旗本でもあろうかと、亥吉は理解した。

「ここよりもにぎやかなのかい」

亥吉は岡崎のほうに指を向けた。岡崎は駿府《すんぷ》に次ぐ繁昌の地で、町の数も六十丁に余っているとか。

その町からおそめはまだ出てこない。

「ここほどでもないけど、でもにぎやかさ。中馬道《ちゆうま》も通ってるしね」

少年はいう。中馬とは信州の農民らの馬稼ぎのことらしい。馬を四、五頭も曳《ひ》いて稼ぎに出、岡崎から足助《あすけ》、足助から伊那谷の飯田、さらには中山道の塩尻あたりにかけて物資を運ぶ。それが中馬。それの通る道が中馬道、正しくは伊那街道なんだが、九久平はその中馬荷の中継ぎの町でもあるし、帆掛け船のはいる川湊《かわみなと》でもあるというのだ。

だからにぎやかなのだと少年は胸を張った。

だれでも自分の郷土は自慢したいものらしい。

亥吉はそう思った。

「馬は日に千頭から通るし、船だって毎日百から上、出入りしてるよ」

「お前はするとその中馬道をきたのかい」

「そうじゃあないよ。おれん家《ち》は船を持って炭を運んでる。だからそれに乗せてもらってきたんだ。三日もかかるんだぞ、片道」

少年はいう。

船は帆と櫂《かい》と水棹《みざお》で上下する。四里の川道を片道三日をかけて上るか、下るかするが、風の都合さえよければ、片道三日のところを一日で通ってしまうんだという。これも門前の小僧なのであろう、教えてもらったわけではあるまいに、少年は船のこととなると、やたらとくわしい。少年の父親の船はいま積荷の最中とかで、それがすむのを彼はここで待っているのだという。

「いつも船に乗せてもらってるのかい」

「そうはいかないよ、ふだんは寺子《てらこ》に行ってるさ」

「なんだ、寺屋もあるのか」

「あるさ」

バカにしちゃあいけないよという目を少年はして、

「三つも四つもあるぜ」

といったが、亥吉は「寺屋」と聞くなり、胸にコンと響くものを覚えていた。おそめが探している村井造酒というのは、もとは甲斐は郡内とかで手習いの師匠をしていたと、たしか聞いている。亥吉が胸に響くものを覚えたのはそれだ。もしかしてその造酒が、三つも四つもある寺子屋の師匠の一人であったとしたら、これはどういうことになるか。そう思ったのだ。

「お前のお師さんというのはどんな人だえ」

亥吉は胸をはずませて聞いた。

お師さんとは師匠のこと。

江戸ではそういう。

「江戸からきた人だとさ」

「いつごろ……」

「きて、まだ間がないよ」

「いまもいったけどおいら生まれも育ちも江戸さ、そのお師もそれならおいらのようなものいいをする人かい」

「どうだかな、でも、うちのおとうなんかあの人には甲府の衆のなまりがあるとか、いってるよ」

「若いの、そのお師」

「そう若くもない」

「いくつくらい？」

「わからん」

「なんて名の人さ、やさしい人かい」

「ハッタというんだ、でも、やさしかないよ」

ハッタは八田とでも書くのか。八田と村井では苗字《みょうじ》が違うが、変名ということも考えられぬではない。

亥吉はそう考えた。

それに少年の父親はハッタには甲府人のなまりがあるといったという。甲斐の国のお国ことばは国中《くんなか》と郡内の二つに大別されると、いつぞやおそめから教えられたことがある。もしそのハッタなる人が郡内ことばを使っているとしたら、名こそ違え、それはおそめの探す村井造酒によほどに近まるではないか。

亥吉は九久平に行ってみることを思いついた。

少年は九久平までなら矢作川、巴川と乗り継いで川道四里といった。陸上の伊那街道を行ったって道のりは川道と似たものであろう。

四里なら急げば半日で行きつけるはず。

亥吉はおそめを待った。

だが、そのおそめ、なにをしているのかいっこうにやってくる気配を見せない。

亥吉はもうすこし少年にハッタとかいう人のことを聞こうとしたが、欄干から身を乗り出していた少年は、

「ア」

とにわかに声を出し、それから「アバヨ」ともいわずに駆け出した。

たぶん自家の船の荷積みが終わり、そうと見てあわてたのであろう。

亥吉も下をのぞいたが、土場は船だらけだし、その船に群がる人もやたらといて、そのうちのどれが少年の家の船なのかはわからない。

川面には帆を張った船が輻輳《ふくそう》している。

それに目をさらしたり、また町のほうを振り向いたりしているうちに、ようやく裾取りのおそめの遠い姿を見つけた。

亥吉はいま耳にしたばかりのハッタのことをおそめに教えるべく、こっちから逆におそめに向けて走り出した。

亥吉は獲物を見つけた猟犬のように張り切って、走った。

# 5

谷村陣屋から帰るなり、多四郎は妻のおそめを自室に呼んだ。

夜ももう五ツにもなっていたか。

庭に植えてある紫躑躅《つつじ》がうっすらとした芳香を立てている。

この躑躅は多四郎が手植えしたもので、植えてからもう十年はたっているだろう。だが、丹精して育てた躑躅とも今夜をもってお別れとなろう。

床脇に置いてある百匁《め》掛けの蠟燭《ろうそく》が瞬《また》く。

多四郎はそれに目を向ける。

別れるのは躑躅ばかりではない。武田以来のこの由緒を持つ家も、畑も、そして山林もそのすべてが今宵かぎりで多四郎の手を離れるのだ。

不義を働いた妻とその相手を今明夜中にも討ち果たすつもりだからだ。しかし、たとえ妻敵《めがたき》とはいえ、二人もの人間を斬れば多四郎とても安穏《あんのん》とはしておれない。自分もまた死を選ぶか、それとも他国に走って、永久に消息を絶ってしまうか、いずれにしても田谷村とは絶縁しなければならない。

椽《えん》座敷を踏むひそやかな足音がして、やがておそめが姿を見せた。

おそめとはほぼ一年ぶりの対面である。

目を上げて多四郎はおそめを見た。さぞ旅やつれしているであろうと見たのだが、おそめは案に相違で一年前よりはつやつやして、かえって女ぶりを上げている。

多四郎はその妻の白い肌の上を通り過ぎたであろう男どもの影を見たが、そういうことはいまさら問い詰めるまでもないことだった。

おそめはそこに坐った。

見ればおそめは髪を切り下げにしているではないか。束ね髪を打ち紐《ひも》でまとめ、まとめた毛先を切り揃える出家髷《まげ》ともいわれるあれだ。多四郎は眉をひそめた。なぜそんな頭をするのかわからなかったからだが、頭のかたちにはかかわりなく、正座して、多四郎と向き合ったおそめは、女とは思えない強い眸《め》で多四郎を見た。

しかし、黙っている。

口は、開こうとはしない。

「なにもいうことはないのかね」

多四郎から声をかけると、おそめは口許に微笑を見せて、

「子を宿しております」

と、意表に出るようなことをいった。

多四郎は虚を衝《つ》かれて、黙した。

多四郎も子が欲しかった。子というよりは妻木の家の嗣子といったほうがいいのだが、それが欲しいがためにおそめの仇討ち行に反対した。なのにおそめは多四郎の反対を押し切り、旅に出、敵討ちのかわりに人の種を孕《はら》んで帰ってきたという。多四郎の胸に時化《しけ》が荒れたが、それはすぐ凪《な》いだ。

百匁掛けが瞬いて油煙を上げる。

おそめの相手は十五少年と、そして剣客栗山弥一郎の二人。二人であることは陣屋で銕蔵にも聞いているし、陣屋まで多四郎を迎えにきた使用人の嘉助《かすけ》からも聞いている。

嘉助というのはもう六十に近い年だ。多四郎が生まれ出る以前から妻木家で働いている。

それが陣屋まで多四郎を迎えにきたのだ。

多四郎はその者に旅荷の半分を担《かつ》がせ、ともに田谷村まで一里の道を歩いた。落葉松《からまつ》の林をくぐりくぐりする道で、行く手には富士の山が顔を見せている。そういう道だが、そんな道を歩きながら多四郎は嘉助から、おそめ乱行のすべてを聞き知った。

「おかみ様は捨て鉢になってござらっしゃる」

嘉助はいい、栗山弥一郎とのことも、知っているかぎりは包まずに喋《しゃべ》ってくれた。

栗山というのは信濃《しなの》は須坂の浪人だそうだが、一伝流《いちでん》をよく遣《つか》うとかで、同流をひろめようと廻国していて、井出村に四天流の川戸伝助がいることを知り、きて、いまは伝助方に寄寓《きぐう》している。

そういう男であるという。

きたのは去年の暮れあたりらしい。

年のころ三十前。色白長身、目細く口許も薄いが表情に精気があり、弁舌も立って、見た目もいい。

帰村したおそめは実家にそういう男が居候《いそうろう》していると知って、父の看病を口実として里に帰るうち、栗山との情交がはじまった。

それも近ごろは目に余るものがあるとか。

嘉助は口ごもりながらも、そういう。

そういえば鎌蔵も、井出近辺に立つうわさには、「あの者は畑いじりの巧者」というものもあると、気の毒そうに多四郎に語った。

あの者とは栗山弥一郎。

畑とはいわずもがなであろう。

「そうか……」

多四郎はことばすくなにうなずいた。

妻を寝取られた男の胸のうちは、ことばとしてはあらわせ得ないほどせつないものがある。

いま嘉助は「おそめは捨て鉢に」といったが、おそめがやけを起こしているのは敵討ちの不首尾と、そして十五少年を失ったことの二つが根になっているのであろう。だから栗山との情交はやけのおまけ、すなわち脱《ぬ》け殻《がら》となった者の火遊び。いまのおそめはただただ栗山の手者《てしゃ》ぶりにだけ酔い、放心することでときをやり過ごしているだけなのであろう。

多四郎はそう理解する。だが、たとえそういう一時の遊びであろうとも、多四郎としてはおそめもそして栗山弥一郎も許せぬとは、思う。

「弥一郎とかいうものの種か」

孕んでいると知るなり、多四郎はそれは弥一郎のものであろうと即断した。だが、違った。おそめがわずかに首を振って、

「亥吉」

といったからだ。日を繰ればそういうことになるのかもしれないが、それをいったおそめの顔には安堵《あんど》とも満足ともいえぬ色合いのものがあった。男に種を蒔《ま》かせ、ぶじそれを着床させた女のほこらしい表情といえばいいか。

多四郎はふたたび声を失ったが、そういう多四郎の心情など汲む気もないのか、おそめはさらに多四郎を突き放すようなことを口走った。

「このまま生めば、生まれ出る子はやがて眉間尺《みけんじゃく》に育つことでしょうよ」

と。

「なに……」

多四郎は血相を変えた。

眉間尺は中国呉《ご》の刀工干将《かんしょう》とその妻莫耶《ばくや》のあいだにできた子とされる。父干将が楚《そ》王に殺されたのを恨みとし、楚王の面前で自らの首を刎《は》ねて死ぬ。死んだ眉間尺の首を楚王は鍋《なべ》で煮させ、鍋蓋《ぶた》を取らせてみると眉間尺の首は父干将の打った刀をくわえていて、それで楚王を討ち、父の仇を報じた。

そのような伝承の眉間尺だが、いまおそめの腹にいる子はその眉間尺。長じると多四郎ならびに妻木家に仇をなすであろうというのだ。

嘉助は、おそめは「やけ」といったが、たしかにやけであるからこそいえたいまの一語であろうか。

やはりこれは火宅の女であったのだ。生まれ出てこなかったほうがよかったのに、なまじこの世に出てきたがために水火の苦しみを嘗《な》めなければならない。多四郎の胸裏を掠《かす》め

た思いだったが、おそめもさすがにそうと自覚しているのか、キッとした目を多四郎に向けて、

「わたくしをご成敗なされませ、旦那様《だんな》」

というと、多四郎を見る目を床の間に走らせた。

そこには大小二振りの刀がある。

妻木は郷侍《ごうざむらい》の家系。ふだんは刀なんぞ差しはしないが、しかし両刀は揃えてあるし、多四郎自身も剣術の一手二手は習得している。

おそめは、だから、成敗せよといったのだ。

不義をした。

そして不義の子も宿した。

この子が育てば眉間尺となろうやもしれぬ。

だからいまのうちに不義の種ともども斬って禍根をお断ちなされ。

そういうのだ。

いわれるまでもないこと。多四郎も今夜のうちにおそめに引導を与え、明夜には栗山弥一郎をも討ち果たすつもりでいる。

「かわいそうだが、そうするしかない。なんなら立ち向かうか」

穏やかに多四郎がいうと、おそめは、

「いいえ」

と首を振って、

「どうぞご存分にあそばしませ」

といって、帷子《かたびら》の衿元《えりもと》を大きくくつろげた。

多四郎は見た。

くつろげられた衿の内側は堆《うずたか》い丘になっているが、そのふくよかな球形はしかし下に着た白衣《はくえ》で包み隠されている。

すでにおそめは死に装束でいるのだ。

だからこその切り髪であったのだ。

## 6

栗山弥一郎が多四郎方の玄関先に立ったのは、五月一日の、宵の六ツ半（七時）時分だった。

陽が西に落ちたばかりという頃合いである。

「これはこれは」

多四郎は自ら玄関口まで出て、自分よりか六つ七つは若そうな栗山を迎えた。

栗山はうわさどおりの長身だし、その表情には陰翳《いんえい》のようなものがある。

この影のような表情がおそめの心をくすぐったのかもしれない。

「こやつが」

というのが多四郎の思いであったが、といっていきなり敵意を剝《む》き出しにしたりはできない。すくなくともいまは、栗山は多四郎の客である。

「ようこそ。いま家内もご挨拶《あいさつ》にまかり出る。なにはともあれまずこれへ」

多四郎は栗山を招き入れた。

妻木家の構えは大きい。栗山がくぐった長屋門からここまでもかなりの距離があるが、この玄関から奥へも長い椽座敷がつづいていて、それを挟むようにして左右に数間《ま》ずつが振り分けになっている。振り分けの右の並びべやが多四郎方の私用の間。左側の並びが応接その他公用に使われるへやになっている。

多四郎は栗山を公用の間のほうに通した。二間つづきのへやで、両間合わせて十六畳。

ふだんは両間境の唐紙《からかみ》は閉《た》て切ってあるが、この夜はあえてそれを取り払ってある。

二間つづきの間にはもう一つ、奥に控えの間がつづいているが、それへの襖《ふすま》は閉ざしたままだ。

　十六畳には燭台《しよくだい》が二つ。

　それにはもう灯を点じている。

「お招きをいただいて、恐縮です」

　寂《さび》のある声で栗山はいい、長い剣を膝近くに置いた。

「招かれる筋はない」多四郎の招きを受けたとき、栗山弥一郎は当然そのように思ったに違いない。招かれるどころか、妻敵として逆に狙《ねら》われるのが筋だ。なのに「一献《いっこん》差し上げたい」といってきた。これは罠か、栗山はそう思ったに違いなかろう。だからこその長剣、いざとなったらとひそかに思っていることであろう。

　栗山の胸の内を多四郎はそのように読む。

　おそめの実家にいる栗山に、

「お近付きになりたい」

　という親書を送ったのは多四郎だった。

　親書は老僕の嘉助に持たせたものだが、その嘉助が戻ってきての報告では、栗山は疑い深い目で嘉助を見たが、口ではなんにもいわずに、多四郎の手紙を黙読した。

　手紙には、百日にもおよぶ江戸逗留であったが、それもようやくラチが明き、本日帰村した。ついては留守中妻そめ、ならびにそめの実父伝助らがなにかと面倒をかけていると聞いた。そこでそのお礼など申し上げ、かつ、以後のご昵懇《じっこん》を願うため一献差し上げたい。なにとぞご来駕《らいが》たまわればというほどの意味のことを書いて、差し出し人として多四郎、そめの名を連署した。

それを持たせて嘉助を井出村に遣《や》ったのだが、その嘉助に栗山は、

「灯ともし時分にうかがう」

と、いったという。ほんとうの招きならそれでよし、招きにことよせ、妻敵のなんのというなら致し方ない、そのときは返り討ちにしてくれる。栗山は栗山でそのように臍《ほぞ》を固めたのかもしれない。

「そうか、ご苦労」

多四郎は栗山の返答を耳にするなり、嘉助を除く使用人のすべてをそれぞれの家に引き取らせた。

多四郎方には嘉助のほかに男二、女一の住み込み人がいたのだが、今宵起きるであろうことを考えて、とりあえずヒマを取らせたというわけだ。

使用人らが去った後、多四郎は嘉助に命じて、裏門、西門の二つを釘《くぎ》づけにして閉鎖させ、それからの出入りを封じた。

門はもひとつ、正面に長屋門があるが、それは栗山が邸内にはいるのを見届けて、嘉助が閂《かんぬき》を入れることになっている。

その栗山を奥に通したから、嘉助はいわれたとおりにし、もはや邸外への脱出はかなわないよう、してあるはず。

栗山は覚悟をしてきたものの、やはり尻がこそばゆいのか、いささかもじもじとしている。

早くおそめが姿を見せぬかと、ときおり奥をうかがうような素振りをする。

「庭の紫の花は、あれは躑躅ですか」

居ぐわいのわるさをごまかそうとてか、そんなことを聞く。

「そうです。十年ばかり前にわたしが植えましたものでな、時季を忘れずに毎年咲いてくれます」

多四郎はいったが、多四郎がそうと答えたとき、奥の控えの間の襖が開いて、そこから嘉助が黒塗りの膳《ぜん》を二つ、運んできた。

もっとも膳といっても、それに載せてあるのは大根のはりはり漬一皿と徳利の一本だけ。

あとはなにもない。が、多四郎はあらたまって、

「これが当家のやり方、あとは引きつづいてまいりますが、その前にまず一献」

と、自分の膳の徳利を取り上げた。これが当家の作法、本膳はあでやかに粧《よそお》ったおそめとともに出てまいる。そう匂わせたのだ。

膳につづいて、嘉助は一振りの刀剣を持ち出してきた。

栗山がけげんな顔をしてそれを見る。それへ多四郎は笑顔を向け、

「加卜《かぼく》と聞き、江戸滞在中に求めたものです。あとで目利《めき》きでもしていただこうと思いましてな」

と、それを自分の膝近くに置いた。

加卜は正保ごろの武蔵《むさし》の刀工で本名大村治郎左衛門。多四郎が身近くに置いたのは正《しょう》真正銘《しんしょうめい》の加卜作。刃渡りは二尺九寸九分。

「さて」

刀を手許に置いたところで多四郎は背筋をのばして、

「本夕《ほんせき》はいささか趣向を凝らしておりまして、もう一つ、ぜひ見ていただきたいものがござってな」

といった。

「はて、なんでござるかの」

栗山もついその気になったとみえ、なにかを期待する目の色になった。

「なに、ちょいとした引出物でしてな」

多四郎はそういい、そこでポンポンと手を打った。と、襖越しに、

「ハイ、ただいま」

という嘉助の返事があって、やがて間《あい》の襖をあけて嘉助がまた出てきた。

嘉助は両手に大判の真魚板《まないた》を捧《ささ》げ持っている。

それへ栗山の目が行く。

真魚板は足つきで、その幅は一尺五寸から上あろう。朴《ほお》の木づくりで、いくつかある妻木家の真魚板中、これが最大のものだ。

板の上には白絹の袱紗《ふくさ》を被《かぶ》ったものが載っている。

嘉助はそれを目の高さに捧げてきて、対座した多四郎と栗山両人の中ほどに置いて、足音を殺して退出した。

「なんでござる」

栗山の目が多四郎にくる。

「いまも申し上げた。引出物です。袱紗をどけてどうぞ中身をおあらためいただきたい」

多四郎がいうと、すでになにかを察知したらしい栗山はけわしい一瞥《いちべつ》を多四郎にくれるなり、さっと片膝立ちになり、右手をのべて白布を引き払った。

白布の下にあったのは生首。

それもおそめのそれだ。

いまは土気色と化したおそめの首は、首の切断面を朴の木の板にべたりと貼《は》り付けて、早くも濁りのきている目を栗山に向けている。

百匁掛けの灯がその生首に鈍い明かりを送りつける。

「おのれが」

いまはもうすべてを知った栗山は、さっと自分の差料《さしりよう》を引っ摑んだが、それよりも一瞬早く大村治郎左衛門加卜の一刀を多四郎は鞘《さや》走らせ、それを横に薙《な》いでいた。

刃先が栗山の膝のあたりを掠めたようであったが、栗山は風が走るように飛び退《しさ》って立ち、立ちながら抜いた長剣を多四郎に浴びせかけてきた。

多四郎は左顔面に焼け火箸《ひばし》を押し付けられたような痛みを覚えたが、いまの多四郎はもう鬼だった。鬼と化して栗山弥一郎を仕留めるつもりだし、そのために昨夜のうちにおそめを刺し、鬼となってその首を打ち切り、きょうの、この決闘の場を設《しつら》えてきたのだ。

一つ二つの切り疵《きず》がなんだ。

多四郎は気力をふるい立たせたが、そういう多四郎に万一のことがあってはと、隣室では嘉助が手槍《てやり》を用意している。と多四郎は知っているが、多四郎が斬り倒されるまでは嘉助も手は出さぬはず。それも多四郎は知っている。とにかく出入り口という出入り口はことごとく釘を穿《うが》ち、閂を入れて退路を塞《ふさ》いでいる。

栗山もそうなら多四郎も逃げる道はない。それは使用人中たった一人居残っている嘉助とても同じこと。もし多四郎が斬り死にをすれば、嘉助もまたここで討ち死にをすることになる。

顔面の傷はかなり深いが、多四郎は刀刃《とうじん》を振るって栗山に斬り込む。

刃と刃が嚙《か》み合い、ともに刃毀《はこぼ》れを見る。

瞬時にカタがつくと見ていた斬り合いであったが、ふしぎにそうはならない。多四郎は相手を斬り、相手もまた多四郎を斬る。

双方ズタズタになりながらも死闘はつづく。

多四郎は左顔面、右の上腕、そして左肩から腋《わき》にかけて斬り下げられたが、斬られた痛みははじめに焼け火箸を当てられたと覚えたとき以外は、もう覚えない。

無我夢中の決闘とはなった。

膝に痛手を負い、腰、肘《ひじ》にも多四郎の刃を受けた栗山は、表に出る明かり障子を蹴《け》開いて、外に血路を求めようとしたが、吹っ飛んだ障子の外に待っていたのは、手槍を構えて立ちはだかった嘉助だった。

「あっ」と栗山は驚いたようであったが、そこに隙《すき》が生じた。ここぞとばかり叩きつけた多四郎の切っ先が、栗山の後頭部から頸部《けいぶ》にかけて、ざっくりと割りつけていた。

「おぼえたか」

といいたい多四郎であったが、のどが焼けついていて声にはならない。それどころか、そこで気力がつき、前のめりに倒れて、そのまま気を失った。

ふっと、失っていた気が戻ったときには、多四郎は嘉助の膝の中にいた。

「気をしっかり持ってくだされ、旦那様」

嘉助が声を振りしぼる。

だが、もはや助からぬことは自分にもわかっている。

多四郎はおぼつかない目で嘉助を見て、

「水を……」

と、訴えた。

周りは血、また血だった。天井にも透《す》かし彫りの欄間にも壁にも、そして戸障子にも斑々《はんぱん》と血漿《けっしょう》は飛び散っている。

畳には血溜まりがあるが、その血溜まりの中に転がっているのはおそめの首。真魚板から滑り落ち、血の海の中に横倒しとなったおそめは、どす黒い血の溜まりを嘗め啜《すす》っている。

栗山はと見れば、栗山は上がり框《がまち》の戸に上体を凭《もた》れかけさせ、すでにこと切れている。

嘉助が柄杓《ひしゃく》で水を汲んできた。多四郎はそれに口をつけたが、嚥下《えんか》する力はもう出ず、水はごぼごぼと滴《したた》り落ちる。それでも多四郎は死力を絞って、

「通り雨だったんだ……」

と嘉助にいおうとした。自分の生涯はさながら一場の通り雨。そうと述懐しておこうとしたのだが、しまいまではもういえない。

「おれはこれで死ぬんだな」

と思ったが、それも、それから先へは思考がつづかず、多四郎はがっくりと崩れ折れた。

妻木多四郎は書き置きを遺《のこ》していて、それには持高五十二石の田畑と山林、それと家屋敷、それらのすべてを嘉助に譲ると書かれていたが、それの余白部分にも「通り雨」の文字が書かれていた。生涯がざんざと降る通り雨のようなものといいたかったのか、三百年もつづいた妻木の家ではあったが、それも観ずれば一秋《ひとあき》の時雨《しぐれ》の長さとそう変わるものではない。そういいたかったのか、妻木の身代を継いだ嘉助にはそれはわからなかった。

# 過去帳の女

# 1

足音が迫ってくると思ったら、

「モシ、旦那《だんな》」

と背中から呼びかけられた。

女の声だ。

青木新兵衛は振り返った。

文政二年（一八一九）五月。

月も星もない夜の薬研堀河岸《やげんぼりがし》。

薬研堀というのは大川の入り堀で、西に一丁半もはいり込んでいようか。いまは突き当たりが掘り留《どめ》になっているが、むかしはいまの掘り留で鉤《かぎ》に折れて、北へ、さらに一、二丁もはいっていたらしく、かつての掘り留だったところに、いまも往年の薬師不動堂が残っていて、近廻りはだいたいが芸者の巣になっている。だから人はここらを踊り子町ともいうのだが、新兵衛もその踊り子町横丁にねぐらを持っていて、いまそれへ帰ろうとしているところだ。

「お歯黒のいい子がいるんだよ、ご浪人さんだけどね、ちゃんとした人のご新造でね、ねえったら……」

女が新兵衛の前に廻った。べんべら物に巻き帯というしどけないなりをしている。年の頃は四十ぐらいか。

薬研堀空地のここらへは、夜ともなると夜鷹《よたか》が涌《わ》いて出るのだが、そういう女の多くは鉄漿《かね》をつけた人妻か後家、まれには武家の妻女も混じっている。

新兵衛の前に廻った女はそういう夜鷹の客引き、こういうのを江戸ではサボ天婆ァといったりするが、なにゆえのサボ天なのか新兵衛は知らない。

「どこだい」

新兵衛が聞くと、婆ァは目顔で莚《むしろ》小屋の一つを差し示した。

筵小屋はいくつもある。

見ると、なるほど年増《としま》らしい姿の女が小屋の脇に立って、こっちを見ている。片端折《かたばしょ》りに手拭いの吹き流しという、おさだまりのなりだ。

「あれかい」

「そうさ、わけありでね。でもいい子だよ」

サボ天婆ァはいう。いうばかりではなしに新兵衛の袖《そで》さえ捉《とら》えた。逃がしゃあしないといったところか。

「きょうはさんざ歩いて足が棒、もうへぼくたでね」

新兵衛はことわりをいった。新兵衛のいまの渡世は針売り。紙袋入りの縫《ぬ》い針を売り歩いて五文八文を商《あきな》う。いま、仕方なくそれをしている。この日も朝早く踊り子町横丁を出、本所《ほんじょ》一円を歩いて日を暮らした。だから疲れてへぼくただといったのだが、婆ァは承知しない。爪先立ちで新兵衛の耳に口を寄せ、

「あの子は蛸《たこ》なんだよ」

と、そそのかしをいった。おきまりの殺し文句。夜鷹は一交百文、それが相場だが、値切れば百が九十、八十にもならぬことはない。

「遊んで行くか」

べつにサボ天婆ァのそそり節に乗ったわけではないが、新兵衛はふとその気になった。さいわいふところには多少のカネがはいっている。といってもこれは自分で稼いだカネではない。新兵衛は仇を討たなけりゃならぬ身だが、その資金にと、かつての友人らが餞《はなむけ》として贈ってくれたカネだ。それを女買いに使うのは心苦しいが、しかし、いつ討てるともわからない仇討ちだった。それまでには酒の欲しいときもあろうし、女の欲しい夜もあろうではないか。それに新兵衛は当年で三十一。まだ若いのだ。

新兵衛は婆ァの誘いに乗った。と知った婆ァは先に立って走って、武家の妻女だという女に耳打ちをはじめた。おおかたいい客さとでもいっているのであろう。

新兵衛は歩み寄って女を見たが、灯の気の一つとてない暗さだから、女の顔はしかとは見えない。しかし、吹き流しの下の顔はどうやら整っているようだし、手拭いを嚙《か》んだ口許も結構なまめいている。

女も新兵衛をじっと見る。

「百」

サボ天が手を出した。その手に新兵衛がいわれたままに百銅を載せると、

「ごゆっくり、ヒヒ……」

といって婆ァは、夜の帳《とばり》の向こうに消えた。

婆ァの足が遠ざかると、それを待ってたように、コトコトと戸を叩くような音がしはじめた。緋水鶏《ひくいな》でもがそのへんの茂みに潜《ひそ》んでいるのであろうか。

女が小屋の草莚をはねた。

中は狭い。畳一枚分もあるか、ないか。

明かりなんぞむろん一つとしてない。

「どこぞからの帰り道かえ」

横になりながら女がいう。

「そういうこと」

新兵衛も身を横たえながらいった。これがはじめて耳にした女の声だが、その声は若くて、そして柔らかだった。

女が自分で裳裾《もすそ》を開いた。

暗さは暗いが、目を凝《こ》らせば、肢《あし》のかたちぐらいは見てとれる。すらりとした感じの肢だったが、女はその肢で新兵衛の太股《ふともも》を挟んだ。ぬめりとした感触の肌だ。

思いついて、新兵衛は小ゼニを女に握らせた。

あたふたとことを急いだって、帰っていく先といったら火の気の一つもない、狭く、むさい家骸《やかばね》だ。そんなところにあわてて帰ったっていたしかたがない。それよりもたとえ相手が夜鷹とはいえ、生きていて、そしてものをいってくれる人間のそばにいるほうが、なんぼましかもしれない。そう思って握らせた小ゼニであったが、それが多少は効いたのか、女が、

「江戸の生まれなのかえ、おまえさんは」

と、指の先で新兵衛を弄《いら》いながら、聞いた。

「そうじゃあないんだ」

新兵衛はいった。

「なら、どこさ」

「常陸《ひたち》の笠間《かさま》というところだ」

新兵衛は答えたが、これはホントのことだった。常陸国茨城郡笠間は牧野越中守の所領だが、新兵衛もかつてはそれの家中であったからだ。だが、そこまでは女にはいわないう必要もまたなかろう。

「おまえはどこだ、江戸かい」

「いわない。いいたくない」

女もまた、そこまでいわなけりゃあならぬ義理はないと思っているのか、くすりと笑っただけでごまかした。

「うそも方便ともいうぜ。聞かれたら馬を合わせるものさ」

新兵衛は女の衿《えり》を探って、胸に手を入れた。

暑い季節がそこまできているせいか、女の胸は汗ばんでいる。

「それならいおうか、下総《しもうさ》とでも」

下総と聞いて新兵衛はちょっと緊張した。だから下総はどこだいと聞き返してみたが、

「さあ、どこにしようか」

と、女にはぐらかされてしまった。

まともには相手にならぬつもりらしい。新兵衛は問いを変えた。

「おめえ、お武家のご新造だってな」

「おしげさんが喋《しゃべ》ったんだね」

いまのサボ天婆ァはするとおしげというのか。

「そうさ」

だが、ここまでつづいたやりとりではあったが、

「やぼはいいっこなし。それよりも、ねえ」

という女の急き立《せ》てに、灯が消えたようにあとは途切れてしまった。

新兵衛はねっとりとした女の肌にしがみついて、久方に満ち足りた思いを味わった。

「また会いたいものだ」

おせじではなしに新兵衛がそういうと、

「おしげさんを見かけたら声をかけてくださいな、およはどこだって」

「エッ」

と、「およう」と聞くなり、新兵衛は身を固くした。浪人の女房で下総者。おまけに名がおようときては聞き捨てにはならない。ならないわけがある。新兵衛の探している女も

下総の出で名がおよう。年の頃も目の前の女とおつかつだ。目の前のおようがもし新兵衛の探しているおようなら、こやつこそ敵《かたき》の片割れということになる。が、そうとはしかし、にわかにきめつけられるものではなかろう。世の中、そんなに誂《あつら》えたようにはできていないし、かりにこのおようがあのおようであったとしても、いまはお互いの顔もしかとは見えないし、だいいち新兵衛は敵の片割れであるおようの、その顔立ちすらろくに知らないのだ。

新兵衛はさりげなく女に背を向けた。

他日を期したのだ。

## 2

四年前、といえば文化の十二年（一八一五）だが、四年前のその年、新兵衛は寺井金之助という者の中間《ちゅうげん》になった。

人宿《ひとやど》を介してのことだ。

金之助は下総佐倉堀田相模守《さがみのかみ》の家来で、新兵衛が奉公をはじめたときには、同藩の江戸下屋敷の目付《めつけ》をしていた。

堀田侯の下屋敷というのは渋谷村の笄橋《こうがい》というところにあった。笄川という、往時は河童《かっぱ》がいたと伝えられる細流があるのだが、それに架かった橋がこの笄橋。これを東から西に渡ると、そこから長くて急な坂が南に上がっていて、それを上りつめた台地の上が堀田侯の下屋敷になっていた。

広さ二万坪。

それのお長屋の一つに新兵衛も住みつくことになったのだが、そういう身の上になるについてはいささかの事情があった。

二年前の文化十年まで新兵衛は、常陸笠間の牧野越中守に仕えていた。微禄《びろく》の臣であったが、その年の秋、つまらぬことから上役と衝突、あげく譴責《けんせき》され、それが不満だとて自ら禄を抛《なげう》ってしまった。

身に係累がなかったのも新兵衛の短慮の一つだったが、浪人してみて新兵衛は悔いた。独り身であっても、なかなか喰うに喰えなかったからだ。

新兵衛は江戸をめざした。江戸でならなんとかなるだろうと、ここでも浅慮《あさはか》な行動をとったが、どっこい、江戸も笠間もそう変わるものではない。浪々二年、ついに新兵衛は窮し、人宿の勧《すす》めに従って二本差《りゃんこ》の身分を捨て、そして奉公に上がった、というのが新兵衛の「いささかの事情」というものだ。

ところで、中間になって知ったことだが、あるじ金之助には娶《めと》ってまだ間がない若妻がいた。名がおよう。金之助はとかくこの若妻おようが自慢の種で、なにかといえばおようのはなしをする。

表立っての女房自慢はコケの骨頂としかいえないが、金之助のはそうではなく、聞いているると自然と「いい女なんだな」と思わせるような、うまいいい方をする。

「これはご馳走《ちそう》にあずかります」

主従といっても年は似通っているし、それに金之助は新兵衛の前身も知っているから、どうかしたら互いに友達みたいな口をきいたりする。

いまのも新兵衛の苦笑の一つだ。

「そういうものではない。なにしろ別居もまる一年。男は相身《あい》互い、同情してくれても罰《ばち》は当たらんぞ」

それでも金之助はいう。

おようを妻にしたのは二年前。一年ばかりはいっしょにおられたが、そのうちに金之助はこの屋敷詰めを命じられ、いとしの妻を佐倉に残して単身赴任。だからたまらないのだという。新兵衛は苦笑しつつも、

「奥方様もやはり佐倉のお人ですかね」

と、お義理ではあるが一応はつきあう。

下屋敷というのは妙なところで、日常あまりすることがない。つまり閑《ひま》。だからときには主従してばかっぱなしに興じたりする。このときもそれだった。

「いや、そうではない」

金之助は首を振って、

「あれは生実《おゆみ》というところの出でね」

と、いい出した。

生実というのは佐倉から五里ばかり南に行った農村で、そこには生実一万石森川紀伊守という人の陣屋があって、おようの父親はその紀伊守の家中であるというのだ。

「自慢するほどには美人ではないがな、しかし、気立てのよいおなごだ。ときがくればこなたにも引き合わせようではないか」

金之助はまるで、自家の庭に咲いた躑躅《つつじ》でもを見せるかのようないい方をしたが、やはり照れはあるのか、いったあと、

「アハハ……」

と声を立てて笑った。

「ときにおぬし、ご妻女はどうした。やはり国許に置いてか」

金之助はそう聞く。新兵衛も妻帯者と見ているらしい。

「それがしは独り身です。独りのほうがいっそさばさばと気楽ですからね」

皮肉ではなしに新兵衛はいった。だが、この「独身」がわざわいをして、後に新兵衛は金之助の讐《あだ》を報じなければならぬことになろうとは、むろんこのときには知るよしもない。

「ま、そのうちに家内にも会わせようではないか。すりゃ、こなたも妻《さい》という名の女を持ってもいいと、そう宗旨を変えるに違いない」

金之助はあくまでものろける。さほどにおようというその妻女は、金之助にとっては二度と得がたい女なのではあろう。

新兵衛はそうと理解することにした。

それはそうと、堀田相模守の上屋敷はこの時代数寄屋《すきや》橋御門内、南町奉行所の北隣りにあって、そっちのほうは警戒厳重で寄りつきがたいが、同じ屋敷でも下屋敷となるとこれが大名屋敷かと思うほどくだけていて、ばかに風通しがよかった。だから下屋敷には佐倉藩士にあらざる人間が何人も住みついている。

たとえば木戸四十八文の辻講釈師も、なんとなく居ついている一人だし、伊勢の御師《おし》上がりだという男も平気の顔で出入りしている。また、屋敷内の稲荷《いなり》のお使いだと称する夫婦者も、屋敷の隅の物置き同然の小屋に住みついている。

そういう、うろんな者を取り締まるのが目付金之助の仕事だが、他家の下屋敷の大方がそうであるように、金之助も見て、見ぬふりをしているらしい。

ほかにもまだそのような勝手居候《いそうろう》はいるが、そのうちの一人がある日、神楽坂《かぐらざか》まで行ってきたとて、粟餅《あわもち》の折りを携《たずさ》えて新兵衛を訪ねてきた。

為八とかいう博奕《ばくえき》の者だが、新兵衛はこの男もなんぞのいわく持ちで、為八というのもおそらくは偽名であろうと睨《にら》んでいる。

「神楽坂なんぞへなにしに行ったんだ」

為八は、なぜだかはしらんが新兵衛には好意を持っているようで、だからこそのみやげなのであろう。

餅を一つ、手に取って新兵衛は聞いた。

神楽坂まではここからだと一里半からの道はあるのではないか。

「なに、やぼ用ありというやつでね」

為八はさりげのない返事をしたが、そういいながらもふところを探って、

「おまえさんならこれが読めるだろう」

と、一枚の紙片を取り出した。新兵衛が見ると、それにはややこしい筆の字が並んでい

る。「同有下田十一口、湛乎無水納無絲」と、こうだ。

「なんだい、こりゃあ」

新兵衛がいうと、為八は首を延べてきて、

「やっぱり読めねえかね」

と上目《うわめ》使いの目で、新兵衛を見る。

「それならおめえは読めるのか」

「とんでもねえ。少々は読めるとしてもこちとらのは百姓読みというやつでね、ヘンかックリのどっちかしか読めねえ。自慢じゃあねえがまるっきりのチンプンカンプンさ」

為八は延ばした首を引っ込めたが、こんどはオツに構え、

「神楽坂上に行元寺《ぎょうがん》という寺があるんだ」

と、もったいぶって、いい出した。

行元寺内に念彼観音力《ネンピカンノンリキ》の碑が一つ、立っている。昨今に立てられたもので、表から見るぶんにはただの念力石でしかないが、裏には四行にわたる陰文《いんぶん》があって、それは三十二年前の天明三年（一七八三）に、ここで一つの仇討ちがあったことを述べた文章になっている。四行中の前二行はそれで、後半の二行は討っ手と討たれた者の名、それを隠句《いんく》で示している。すなわち為八が筆写して帰り、新兵衛に披露したいまの十四文字がそれであると

いうのだ。

「同有下田は同の字に、下の田の字をくっつけろという意味さ、くっつけたら『富』の字になる。さらにその下の十一口も三字を一字にまとめると『吉』の字。だから富吉でこれが討ち手。討たれたほうは湛の字からサンズイの水を取ると『甚』、納の字から糸を抜くと『内』。つまり甚内。これが討たれた本人、そういう隠語さ、これは。どうだ、まいったか」

新兵衛の手の紙片を指差して、為八は高くもない鼻をうごめかした。

「まいった」

正直に新兵衛は兜《かぶと》を脱いだが、

「それにしてもおめえ、これをどうやって解読した」

とは聞いてみた。

「なに、石文《いしぶみ》の前で首をひねってると、うまいことに所化《しょけ》どのが通りかかったではないか。そいつの袖を引いて読み方を教えてもらったと、種を明かせばそういうことよ」

それでおおよそのあんばいはわかった。按《あん》ずるに為八はこの陰文を写して帰って、新兵衛に一泡吹かそうと思いついたに違いない。さりとは、

「憎いやつ」

ではないかと新兵衛が口にすると、

「そりゃあないぜ新さん。珍しいはなしの一つもと、わざわざ写し取ってきたのに、憎いはねえよ」

為八は頰をふくらませた。

「やぁ、これは謝りだ」

新兵衛は詫《わ》びたが、それにしてもいったいどこの誰が、こんな判じ物めいた狂詩を綴《つづ》ったのかだが、四行詩の末端に『南畝子《なんぽ》』の彫りのあるところから、それは寝惚《ねぼけ》先生こと蜀《しょく》山人《さんじん》であるという。

所化どのがそうといったというのだ。

しかし、為八も新兵衛もともに蜀山人とはどういうお人なのか、よくは知らない。もっともそれはどうだっていいことだが、それにしてもと、新兵衛は思った。仇討ちなんぞということが実際にはあり、それをまた刻文にしてこのような碑を残そうとする人もいる。

世の中は広い。

これがチンプンカンプンの書を見ての、新兵衛の実感だった。

# 3

寺井金之助が下屋敷目付の役を解かれ、本藩に戻ることになったのは、次の年の文化十三年四月のことである。

「印旛沼《いんば》といえばわかるか、佐倉というのはその沼に近く、江戸とはくらぶべくもない淋しいところだが、どうだね、このままわしと向こうに行って、佐倉の人間になる気はないかね」

ことが本ぎまりとなったとき、新兵衛は金之助にそう誘われた。もとをただせばこなたも武士、なのに人の中間として田舎住まいをさせるのは気の毒ではあるが、どうだろう、そうしてもらえるとわしはありがたいのだがなと、そういわれたのだ。

だが、そういわれても新兵衛は即座には、「ウン」とはいえなかった。

江戸に出てきたのは、江戸でなら身を立てられるかと思ったからだ。しかしその機会には恵まれず、いたしかたなく金之助の中間になったまでのことで、先ののぞみはまだ捨ててはいない。だからこそそのためらいであったのだが、といって国に帰る金之助におさらばをし、かりに江戸に留まったとしても、はたしてよい機会に恵まれるかどうかはなんともいえない。

「しょうがない」

新兵衛は腹を固めた。佐倉へ行って、どうしてもそこが気に入らぬなら閑を取って、また江戸へ戻ってくるまでだと、決心したのだ。

「長い先ではどうなるかわかりませんが、とりあえずはお供つかまつりましょう」

新兵衛は答えた。

「そうか、そいつはありがたい。助かる」

金之助は喜んで、ま、わしの女房の顔でも見るぐらいのつもりでつきあえと、いわでもがなの一言までつけ加えた。

四月下旬。

木々の若葉が弱い風に身をそよがせている一日、主従は打ちつれて日本橋川下流の行徳《ぎょう　とく》河岸まで出て、そこから長渡し舟というのに乗り込んだ。行徳通いの舟で二十人ばかりの客を乗せる。

大川を東に渡って、そこから小名木《おなぎ》川にはいり、さらに中川の新堀を突っ切って東へ東へと行く舟だ。

本行徳まで水上三里八丁。

本行徳から佐倉までは佐倉道をざっと九里。このくらいの道だと道中泊はない。習志野《ならしの》台《だい》を踏み分け、夕鴉《ゆうがらす》が騒ぐ時分に佐倉の城下にはいった。

佐倉というのは低い台地の上の町だが、その台地上の鏑木《かぶらぎ》小路という屋敷街を目の前にしたとき、

「まいったのう」

と、あるじ金之助が振り向いて、新兵衛にいった。

「まいりました」

汗の顔で新兵衛も応じた。なにせ二人ながらに朝まだきに弁橋を出ている。途中で舟を使ったとはいえ、日がな一日歩きづめに歩いての、いまだ。

足は棒になっている。

新兵衛は疲れた目で鏑木小路の屋敷群を眺めた。どの家も申し合わせたように生垣をめぐらせていて、それの中に尾垂れの低い茅葺《かやぶ》き屋根を配している。あるじの屋敷も似たようなもの。森閑とした建物は濃い黄昏《たそがれ》の色に包み込まれている。

金之助が玄関にはいって声をかけると、奥から、新兵衛には白い花としか見えない女が出てきて、旅装の金之助を見上げて、にこりとした。

これが金之助ご自慢のご妻女かと新兵衛は見たが、この一瞥《いちべつ》の後はもうおようのお顔を

拝む機会には恵まれなかった。

新兵衛に与えられた小屋は門脇《かどわき》にあったが、それへはいって旅荷の片付けをしたり、夕食をいただいたり、風呂を頂戴《ちょうだい》したりとしているうちに、すっかり夜が更《ふ》けてしまったからだ。

新兵衛は佐倉での第一夜を迎えた。

枕に頭を載せると、あわただしかったこの日一日が思い返される。しかしその思いが遠ざかると、こんどはおようの柔らかな容姿が、ふわりとした感じで浮いて出た。

新兵衛はそれに目を据《す》えてみた。

新兵衛の目に浮いて出たおようは、やはり一輪の白い花でしかなかった。一口にいえばそれだが、それも一目見ただけの印象だから、遠からずそれも色褪《いろあ》せ、かわって彼女の実像というものもそのうちに見えてくるに違いない。

そんなことを思ううちに新兵衛は深い睡《ねむ》りに落ちていた。

つぎの日、新兵衛は前日同様早朝に起きて、生実に向かった。

主命で、だった。

江戸から帰着した挨拶《あいさつ》と、江戸みやげの一つ二つを持っておようの実家に行く。前日からそういいつかっていたのだ。

生実までは行って帰って十里と聞いている。したがって佐倉へ戻ってくるのは日没頃になるだろう。そう思い新兵衛は出かけ、そして思ったとおりに日を暮らして帰ってくると、なんだか寺井の家の門前がざわついている。見れば藩庁の役人らしいのも出張っていて、それが新兵衛と見るなり、

「待て、なんだおまえは」

と、きびしい声で制止をかけてきた。

なにごとがあったのか知らぬままに新兵衛はわが名をいい、昨夕あるじとともに下着したばかりだと答えた。

「なに」

役人は一瞬目を険しいものにしたが、新兵衛が主命を得て生実に行って帰ったことを告げると、

「なにも知らんのだな」

と表情を緩め、今朝方この家で発生した不祥事を耳打ちしてくれた。

聞いた新兵衛は、あわや魂を抜かそうかという衝撃を受けた。なんと金之助が、金之助の実弟直二郎に斬られて死んだというのだ。しかも兄を斬った直二郎はこともあろうに、兄の妻のおようを引きつれて逃亡してしまったという。新兵衛が生実に行くべく屋敷を出

た、そのすぐあとの出来事らしい。

新兵衛は仰天して返すことばを失ったが、ようようにして、

「それはまことのことですか」

という間の抜けたことばを吐き出した。しかし、まこともなにも、げんにこうして藩庁の役人も出張っているのだから、これはからくりでも仕掛けでもなかろう。

新兵衛は許しを得て奥に駆け込んだが、駆け入ったときにははや金之助身寄りの者らが集まっていて、通夜の段どりなどを打ち合わせていた。

新兵衛はきのうに変わる金之助の顔を見た。

見たとたんに熱い涙を覚えた。

あんなに妻に恋い焦《こ》がれていたのに、その妻の顔を見たとたんにこれかと思うと、なんとも金之助があわれでならない。

ひとしきり新兵衛は泣いた。

集まった人達のはなしでは、兄下着と知って弟直二郎が会いにきた。今《こん》早朝のことらしい。直二郎は金之助よりは六つ下。兄同様堀田家に仕え、お蔵方という役を宛《あ》てがわれていた。

その直二郎がきて、兄となにごとかを談じ合っていた。なにを談じていたのかはわから

ないが、殺戮《さつりく》の現場となった座敷には茶の碗《わん》が三つ、転がっていた。そこから見て、談じ合いの席にはおようも加わっていたと見て、どうやら間違いはなさそうである。

はなしあいはそのうちに険悪になり、それに激昂《げっこう》した直二郎が兄を斬り、その勢いで兄の妻を拐帯《かいたい》、行方を絶ったものと考えられる。

集まった人達は口々にそれをいい合う。

金之助の非業《ひごう》を発見したのは隣家のあるじだった。訪ねてきて凄惨《せいさん》な現場を見たというのだが、その隣家のあるじは、直二郎が、金之助の留守宅をしばしば訪れていたという事実をも、つけ加えて語ってくれたらしい。

そういえば直二郎およようにはとかくのうわさもあったと、集まった身寄りの一人二人もそうつけ加える。

二人の不倫だ。

とは、江戸の金之助はつゆ知らずにいたのだろう。

「なんたることだ」

新兵衛は全身から力が抜けてしまうほどの虚脱を覚えたが、一方では早くも復讐のことを考えていた。

金之助にもし実子がいれば、その者が父の仇を討つことになろうが、婚後間のない夫婦にはいまだ子は生じていない。としたら金之助の従者であった新兵衛が、旧主の無念を霽《は》らすのは順当であるともいえる。

「おれがやるしかない」

なまじ佐倉までついてきたのがいけなかった。そのことを悔いつつも新兵衛は決意し、親類の者らにもその旨《むね》を告げた。

4

愛欲のもつれからわが兄を斬ったのだから、当然のこと、二人はいまもともにいなければならぬ。

それもおそらく江戸市中であろうと、新兵衛は見当をつけている。とはいえ江戸は広い。百万人とも、それ以上ともいわれる人々がいて、町数も本所、深川をも入れるとすでに千に近いという人もいる。それほどの規模の中から一人二人の人間を焙《あぶ》り出すのは、至難といわなければならない。それに相手は戦々恐々として、それこそ天に跼《せくぐま》り、地に蹐《ぬきあし》するほどにも用心し警戒していよう。

藩庁から仇討ちの許しと、下屋敷住まいを許された新兵衛ではあったが、いつぞや博奕者の為八から聞いた行元寺の富吉ではないが、ああいうふうに復仇を遂げるのは、まず無理であろうと見ている。

かりにそれをなし得るとしても、それには長い月日と、そして他者からの恵みという助けがなければどうにもなるまい。

そう思う。

下屋敷住まいを許されたとはいえ、家中でもない者がいつまでも留まっているというわけにはいかない。そこらも考え、新兵衛は下屋敷を出て、薬研堀に移り、敵を探すようすがにもと針売りに身をやつした。

そうやって江戸一円を歩くつもりだったのだ。

だが、江戸はやはり広い。晴雨を問わず、くる日もくる日も新兵衛は出歩いたが、なかなか敵なんぞに出会えるものではない。もっとも、もし出会ったところで新兵衛は直二郎およう の顔を知らない。直二郎は兄金之助によく似ていると聞いているので、それをたった一つの拠《よ》りどころとするだけだし、おようにはたしかに一、二度は会っているが、その印象は薄く浅く、ただ白い花のようであったという覚えしか残っていない。

これでは路上で出会っても、先方が名乗りでもしてくれぬかぎりそれとはわかるまい。

だから探すだけむだといえなくもないが、それでも新兵衛はあきらめなかった。

そうこうするうち文化十三年は暮れて、十四年を迎えたのだが、その正月の月のある朝のことだ。これから稼ぎに出ようとしていた新兵衛は、ドブ板を踏んでくる為八を見かけた。

「おい、為さんじゃあないか」

新兵衛が先に声をかけると、

「あ、いたいた。やれやれ間にあったか」

といいながら為八はせかせかときて、

「敵の在《あ》り処《か》が知れたぜ、新さんよ」

と新兵衛の耳に口を寄せていうではないか。

「なんだって……」

新兵衛は身を固くした。

「どこだ」

「天神下だ」

打てば響くように為八は答えたが、だいじなはなし、ここではまずいと思ったのか、為八は先に立って木戸の外に出た。

外は神田堀のあたりへつづく往来だ。

そっちのほうに為八は足を向ける。

新兵衛もそれに従う。

為八のいう天神下とは湯島天神のそれ。天神様の裏門から男坂、女坂の二つが下りている。男坂は真東に、女坂はやや北向きに下りるのだが、下りたあたりはともに天神下のかくれ里ともいわれる山かげの町で、細い通りの両側は出合い宿とか小旅籠《こはたご》などが軒を並べていて、まれにはしゃれた二階屋の妾宅《しょうたく》なんかも見えたりする。そういう家並みの中にかかァ髪結《かみゆ》いの見世《みせ》があって、それの裏べやに寺井直二郎は隠れているというのだ。

「ほんとだな」

「なんで、おれがおめえさんに、うそをつかなきゃあならねえ」

「こいつはわるかった。しかし、そこに直二郎がいると、どうしてまたわかったんだ」

「なに、たわいもねえことからさ」

為八は鼻を鳴らし、

「碌《ろく》でなしの六助というのがいるんだよ」

と、一通りのことを語りはじめた。

六助とは名のとおりに碌でもないやつだが、こやつと出会い、世間ばなしの一つ二つをするうち、六が、為八も知っている蟬《せみ》の花丸のことを口走った。

蝉の花丸とは宮地《みやじ》芝居の一座を渡り歩くへぼくた役者だが、のっぺりとした面《つら》がまえのせいでか、ことのほか女に持てる。先《せん》にも天神の女坂下に住む浪人の女房をてなずけ、これをのけぞらせ、死ぬの生きるのといわせたまではよかったが、そのことが亭主の耳にはいったからたまらない。泡を喰った花丸はおようとかいうその浪人の女房ともども行方白波とばかり、姿をくらましてしまった。

六助はおもしろおかしくそういったのだが、聞いた為八は飛び上がった。

為八も堀田屋敷の居候。屋敷目付であった寺井金之助も、その金之助が実弟に殺されたことも、金之助の折助《おりすけ》であった新兵衛が旧主の仇を報じようとしていることも、みな知っていた。金之助の女房がおようという名であることも知っていたらしい。

だからこそ急報してくれたというのだ。

「ありがたい」

新兵衛は頭を下げたが、しかし、髪結い屋の間借り人がはたして直二郎であるかどうかは、まだわからない。似たような身上の男女はそれこそ山といようではないか。

「もしそうならすぐさまバッサリかね」

為八は髪結い方の間借り人が直二郎、おようときめつけている。だが、かりにそうであったとしても出会い次第にというわけにはいくまい。だいいち新兵衛は脇差一つ、持ってはいないのだ。

「まあ、様子を見た上でのことだ」

新兵衛は答えた。薬研堀から天神下まではざっと一里か。下谷《したや》の広小路まで出ると西に天神の高台が見えている。

歩くにつれ天神様が頭上に迫ってきて、それへ上がる急な石段坂が口をひろげる。男坂というのがこれだが、坂下を右手に廻り込むとそこが女坂下。かかァ髪結いの床があるというのはここ。表の油障子になるほど「かみゆい」の字が躍っている。為八がそれへ声をかけると、奥から帯を腰の横手で結び、片襷《かただすき》で白い二の腕をまる出しにした女が出てきた。

これが髪結いの当人であろう。

それへ為八が花丸の知人だといって、へや貸しをしている浪人のことを、あれかこれかとたずねた。だが、結果を先にいえばたずねる浪人はすでにそこにはいなかった。

浪人というのは年頃二十五、六。丈《たけ》は五尺四、五寸。色はやや黒いが鼻筋が通ったいい男だったし、女房はおようという名で二十二、三。背姿のきれいな女であったという。男の姓は寺井ではなしに細井。去年の秋、人に頼まれて裏座敷を貸したが、そこに二人でいたのは束《つか》の間、暮れ時分におようさんは花丸とできたとかでどこかへ行ってしまい、すると旦那の細井さんもそのあとを追うように、ふっつりと消えてそれっきりだと、髪結いは眉をひそめて、そういった。

為八のせっかくの知らせもこれで泡だが、しかし二人が直二郎、およようであったことだけは、どうやら間違いはなさそうだった。

「こんなところに伏せっておったのか」

わがあごの先を抓《つま》んで新兵衛は山かげの、いかにもかくれ里然とした通りを眺めた。通りに面した二階の手摺《てす》りには女の肌着らしい紅《あか》い物が干されていて、それを、天神の台地から下りてきた陽がいっそう赤く染め出している。

「わるかったな、新さん」

敵がすでに消えていたのを、まるでわが失策のように詫びる為八にむしろ気の毒を覚えて、新兵衛は、

「天神様が甘酒でも舐《ねぶ》りにこいというてござる、上がってみるか」

と為八を誘った。

天神の境内は大きな盛り場にもなっていて、それには甘酒茶屋はいうにおよばず、香具《や》師《し》の出し見世もわんさと出ているし、宮地芝居もつねに興行を打っている。およようとできた花丸とやらも、この芝居の一座にいたのかもしれない。だが、色男の花

丸も人の女房とできたとあっては、おちおちと芝居なんぞやっちゃあおれまい。芝居どころかわが身そのものがすでに芝居《しばや》。おそらくおようと手に手をとって、いま頃は「雲霞《くもかすみ》」と逃げ走っていることであろう。

天神の崖っ縁からの眺めはさすがだ。江戸っ子は千里の先までここからは見えるというが、千里はとんでもない与太郎としても、半里やそこらの先ぐらいならたしかに見えていて、下谷あたりの甍《いらか》の波は眼下に歴々とひろがっている。

「これだけの数だものな」

甍の波を一目見て新兵衛はうめいた。

これだけの数の家にぜんたいどれだけの人が住んでいるのか。下谷、浅草あたりだけでもこれだ。これほどの家並みの中からその住人の一人ひとりを検《あらた》めてみないかぎり、敵は抓み出せない。が、そいつはしかしできたことではなかろう。

新兵衛は気の萎《な》えを覚え、

「いろいろと気を使うてくれたのにすまんが、都合で敵を討つのはもうよしにする」

あわやそうと口走ろうとしたが、危うくそのことばは口中に嚥《の》み下した。

## 5

二年後の文政二年六月。

江戸はもう夏真っ盛り、竈《かまど》の下をかいくぐってきたかのような暑熱が、毎日のようにつづいている。

それは水場の多い本所とてそうは変わらない。

新兵衛は竪《たて》川の流れを目の先にする弁才天宮の木蔭で、為八の帰りを待っていた。表を仏餉《ぶっしょう》の僧らが土埃《つちぼこり》を舞い上げて通る。回向《えこう》院の托鉢《たくはつ》の僧らだが、彼らがこれから帰る回向院の裏門は東に口を開いていて、それの先はいま松坂町とも上野《こうずけ》長屋ともいわれる吉良《きら》屋敷の跡だ。

為八に一っ走りしてもらっている先というのはそこだ。そこの横丁の一つに夜鷹のおようとサボ天婆ァの二人が同居しているのを、新兵衛は突きとめた。が、それは両女の住まい先を見つけたというだけのことで、夜鷹のおようがはたして金之助の妻であったあの女かどうかまでは、まだわかっていない。もし金之助の妻であった女なら、そこに蟬の花丸の姿がなくてはならぬところだ。ということで、花丸とは知り合いであるという為八に、それを慥《たし》かめに行ってもらったというわけだ。

こういうことになったのも、またしても新兵衛がおようを買ったからだ。

先々夜のことだ。

はじめておように接してから、ものの十日もたっていたか。

先々夜も蒸し暑い夜であったが、胸に一物を抱えて新兵衛は薬研不動に行き、サボ天おしげにこっちから声をかけた。おしげの顔を覚えていたからだが、おしげも、それからおようも新兵衛の顔なんぞ覚えてはいなかった。所詮《しょせん》行きずりの男とそう見ていたようで、その証拠におようは、

「はじめてかえ」

と、月明かりで新兵衛の顔をのぞこうとした。

新兵衛も同じ明かりでおようの面貌を慥かめるべくこころみたが、佐倉は鏑木小路の屋敷で見た金之助の妻かどうかはわからない。新兵衛にこれといった記憶がないからだが、それにしてもと、新兵衛は迷った。もしこのおようが鏑木小路のあのおようであるなら、新兵衛はたとえなりゆきとはいえ、旧主の妻と一度ならず二度までも肌を合わせあうことになる。それのみか、この女が直二郎のいまの妻であるのなら、新兵衛はあるじの敵の片割れともいたしたことになってしまう。これが許されることだろうか。

新兵衛の迷いはそこにあったが、とはいえ、それはこの際やむを得ないことになろうか。前のときと同じようにおようは開いた肢で新兵衛を挟み、それからそろそろと片手を延べてきた。その手順も仕草も前のときとちっとも変わらない。

察するにおようとはこのような所作を癖《へき》として持つ女なんだろうか、それともこれは金之助譲りの手法で、およはそれを一ツ覚えに覚えているだけなんだろうかと、新兵衛は思った。

金之助があれほど自慢していた女も、これがもし金之助の妻とするならこれもただの女、新兵衛は浮世の果てをのぞいたような気になった。

幻滅を覚えたのだ。

幻滅したままことを終え、新兵衛は女の小屋を出た。

この夜はおようの跡を尾《つ》けて、帰っていく先を突きとめるつもりでいる。

やがて宵の間は過ぎ、通行人の姿もまばらになりはじめると、およは莚張りを取り崩してまるめ、それを丈の高い草の陰に押し込んでおいて、帰途についた。

と知って新兵衛も膝《ひざ》をのばした。

時刻はそろそろ四ツ（十時）。深川あたりでは四ツ時分までをだいたい宵だという。つまり宵はもう過ぎたというわけだ。

およう は一人で帰るものとばかり思っていたのに、見ていると帰りはおしげと同道するらしく、つれだって両国橋に上がっていく。

新兵衛も跡を追う。

その夜は月があった。上弦の八日の月。それが大川の川尻あたりにぼんやりと浮いている。

橋を下りた両人は回向院の門前町を抜けて、同寺の裏門通りに折れてはいる。折れた通りの右手一帯がいうところの上野長屋で、いまは横丁がいくつか通っている。

それの一つに二人ははいった。両側から軒庇《のきびさし》の迫る、みみずの通路のような細い路地だが、それだけにもうそれ以上は二人の跡は追えない。

新兵衛は路地の入口に身を潜めた。

地形から考えると、二人のはいっていった先は旧吉良邸裏門内の、侍長屋があったあたりではなかろうかと、思われる。

赤穂《あこう》浪士らの討ち入りは百年から上むかしのことだが、同じように敵を探している立場として、新兵衛はそのことにはいささかの興味を持っているし、それにこのかいわいには針を売りに何度か足を運んでいる。上野介の中小姓で、二十五歳の清水一学が斬られて死んだのが、ちょうどいま、二人がはいっていった先あたりではなかったかと、新兵衛は見た。

二人のうちの一人が雨戸を立てているうちにもう一人が灯を入れたと見え、立てた雨戸の隙間《すきま》から灯の筋が洩《も》れて出てきた。それまでには屋内には灯の気もなかったから、女二人のほかにはいまのところ余人はいないと見てとれた。

「はて……」

と新兵衛は首をひねったが、時も時、場所も場所ゆえ、いつまでも潜んではおられない。新兵衛はひとまず踵《きびす》を返したが、いまの長屋に花丸がいるのかいないのか、それだけはやはり慥かめなければならない。でなければおようにあらざる女の尻を、おようかおようかと、これから先も追いつづけなければならないからだ。

新兵衛は思案し、今朝、東が白むのを待って笄橋に走り、為八をつれ出してきたというわけだ。

「なんの礼もできんが、力を貸してくれるとありがたい」

と頭を下げる新兵衛に、為八は、

「なに、礼なんぞいるものか」

といって、いま上野長屋におようおしげを訪ねてくれているところだ。

その為八が顔中汗にして、一ツ目弁才天まで帰ってきたのは、さらに半時の余も過ぎて

からだ。顔を汗にしているだけではなしに為八は、着物の前も開《はだ》けられるかぎり開けて、

「暑い、暑い」

と、臍《へそ》までまる出しにして戻ってきたが、戻るなり、

「ありゃあ寺井の旦那のオクガタに相違はねえ」

と喚《わめ》くようにいった。

「やっぱりか」

新兵衛は及び腰になった。

「やっぱりだ、大地を打つ槌《つち》だ、このおれの見立てに狂いの一分とてあったものか」

為八は芝居がかったが、ふと気づいたのか周りを見廻し、

「花丸とはふるい仲なのに、近頃トンと出会わねえ、いまうちかい」

と、とぼけて乗り込んだ委細を喋りはじめた。

ところが、おしげはなぜか白い目をして、

「花丸なんぞという人間は知らないね」

と木で鼻を括《くく》ったようにいう。そこで為八は、

「おかしいな。どっかのオクガタとできたのはいいが、それですっかり世間を狭くし、しようがねえんで知り合いのおしげさんを頼ったと、たしか六の野郎に聞いたんだけどな」

と、鎌《かま》をかけてみた。と、六助の名が効いたのかおしげはしぶしぶながらも、

「花丸はあたしの甥《おい》っ子さ」

と、花丸なんぞという人間は知らないといった前言を翻《ひるがえ》し、

「あれも六さんと同じで女には目のない碌でなしさ。あの子をあたしに押し付けておいて、またぞろべつのおなごとのビリ出入りさ、困ったものだよ」

掃《は》いて捨てるようにいった。

これで、たぶん奥の六畳にでもいるのであろうおようは、金之助のかつての妻と断定してもよさそうだ。

為八が、たとえ大地を打つ槌ははずれても、こればっかりははずれるわけがねえと大見得をきったのは、そのためだ。

おしげのいったビリ出入りとは男女関係のもつれ。ビリ沙汰《ざた》ともいう。またしても花丸は似たようなごたごたを起こしているのであろう。

いまのおようはむかしのおようと、どうやらきまったようだが、念には念を入れろともいう。為八はふところを探って、それがありきりの小二朱《こにしゅ》を一つ抓み出し、そいつをおしげの手に握らせて、

「花の野郎が迷惑をかけてるんだ。友達甲斐《がい》にせめて下駄の目ぐらいのものは出さなきゃ

あならねえが、ない袖は振れぬのたとえだ、これでまあかんべんしてくれろ」

と歯が浮きそうなせりふを並べた。

下駄の台にあいている穴は三つ。一つの目を百として、せめて三百ぐらいはツン出さなきゃならぬところだが、小二朱は一朱、二百五十文、それでかんべんだと、そういったのだ。

おしげは相好《そうごう》を崩した。

為八はそれにつけ入った。

「オクガタに逃げられたご浪人とやらも、いま頃は困りの天神だろうよ。花のやつがどっかへ行っちまったのならこれをしおに、オクガタをもとの鞘《さや》に納めてやっちゃあどうなんだい。ご亭主のいなさる先はわかってるんだろう」

「わかってるさ」

探られているとは知るはずもないおしげ、摑《つか》まされた一朱に口を軽いものにした。

「どこだい」

――と、おらァ聞いてみたさと、ここまで喋っておきながらだいじなところで為八ははなしの腰を折った。

「どこだ」

思わせぶりはやめにしろと新兵衛がいうと、そうとさすがに気づいたのか為八は、

「いつか天神様の崖から浅草、下谷あたりを眺めたじゃあねえか。あのとき見た浅草の新堀端《ばた》に目ざす直二郎はいるんだとよ。華宿院とかいう寺があってね、その門前町だとかだ。どうだい、いい知らせだろうが」

と、毛の二、三本も生えた乳をまる出しに、為八はそっくり返った。

6

今宵も月がある。

十日あまりの月か。

それが南中していて、白い明かりを地表に届けてくれる。それを頭から浴びて、新兵衛は踊り子町横丁の家骸を出た。

この借家にはもう二度とは帰らぬつもりだ。だからきのうのうちに身の廻りの物はすべて処分しているし、「しさいこれあり、むだんたいさん、ひらにごようしゃ」という大家宛ての走り書きも、上りっ端《ばな》に置いて、それの重しとしていささかの金子《きんす》も乗せている。

もはやこの家にも町にも、思い残すことはなに一つとしてないのだ。

少女の胸の膨らみほどにもふくらんだ月は、皓々《こうこう》明々と明るい。

今宵の新兵衛はもう針売り新兵衛ではなかった。粗末ではあるが以前の武士の姿に戻っているし、両刀も帯《さ》している。

足の爪先を北に向ける。これから神田川を渡り、なおも道を北にとっていくとやがて浅草新堀端に行き着く。為八が、寺井直二郎はそこの華宿院前の借家にいると教えてくれたのはおとといのこと。そのおとといと、そしてきのうの二日をかけて、新兵衛はこれから行く先を歩いてみている。

地の理もつぶさに見たし、華宿院前の借家に直二郎がくすぶっていることも、人に慥かめて承知している。

それをしたうえでの今宵なのだ。

華宿院というのは天台寺門宗とかで、そう大きな寺ではなかった。敷地七、八百坪ぐらいか。それにさほどの規模ではない本堂があって、それの前は銀杏《いちょう》だのなんだのの植え込みになっている。寺門からそこまではおよそ三十間ぐらいか。

門前はひとかたまりの町屋になっていて、それに蠟燭《ろうそく》、灯心《とうしみ》を商う店が一つ混じっている。直二郎はその家の裏手の一間を借り、近くにある手習い所の指南などをして、自分の口を養っているらしい。

蠟燭灯心屋の前は幅二間半ほどの掘り割りで、それへは満潮ともなると、大川からの荷舟が上がってくる。

そんなところに直二郎は隠れていたのだ。

何年ぶりかで差した両刀が腰に重いが、しかし、やはりこのほうが板に付いた感じだ。月を背に新兵衛は北をめざしたが、ふと思いつくものがあって、後方を返り見た。後方は薬研不動で月夜の草っ原にはこの夜も夜鷹が出ている。

新兵衛の目は、ぽつりぽつりと立つ女どもの中から、おようの姿を一つ、選び出した。

おようはやはり白手拭いの吹き流しという姿でいる。

それに新兵衛はしばし目を留めた。

おようとて敵の片割れ。当然成敗してしかるべき女だが、新兵衛はおようはもはや鬼籍にはいっていると、見ている。

新兵衛の腕には、二度にわたって掻《か》い抱いたおようの身の重さと、はかなさが記憶として残っているし、とくに下っ腹のあたりにはおようの生身の感触が、いまだに気怠《けだる》い感じで残っている。

それでもおようはもう屍《しかばね》なのだ。

屍だと新兵衛は思う。

およう は落ちるところまで落ちたのだ。これから先、もうなに一つとしていい思いには恵まれまい。

そんな女を斬ってどうする。

「過去帳から迷い出、およう今宵も春を鬻《ひさ》ぐか、だ」

皮肉な思いを新兵衛は口に出しかけたが、くだらんことだと自分で気づいて、呟《つぶや》くかわりにわが口を真一文字に引き結んだ。

そして足を早めた。

もう二度とは振り返らぬつもりだ。

夕凪《ゆうなぎ》なのか往来には風の子も孫もなく、そこここで焚《た》く蚊遣《かや》りのくすぼりが通りにまで流れ出ている。

薬研堀を出たのは五ツ（八時）前時分であったが、新堀端に着いたときにはもう夜も更けて、通り筋の家々もすっかり灯を落としていた。月ももう入りに近いのか、力の乏《とぼ》しい明かりを新堀の水の面《おもて》に落としている。

新兵衛は蠟燭屋の角を曲がって、裏手にはいった。

ここらの足許はきのうのうちにしかと見届けている。

直二郎の借間から薄い灯が一つ、こぼれ出ている。戸の隙間から洩れ出る明かりだ。

新兵衛はその穴に目を入れて、中をのぞいた。

直二郎らしい男が行灯《あんどん》をそばに引き寄せて、一人で酒を飲んでいる。寝酒のつもりであろうか。だが、寝酒なんかやらずとも、いまに永遠の眠りにつくことになろう。なにせ実の兄から嫂《あによめ》を奪い、あまつさえ兄を斬って逃げた不埒《ふらち》者だ。そういつまでも安穏《あんのん》とはさせてはおられない。

コトッと、新兵衛は表の戸を鳴らした。

ギョッとしたような顔を直二郎は上げて、

「誰だ」

と鋭い声を立てた。新兵衛にとって、それははじめて耳にする直二郎の声であったが、その声はいかさま兄の金之助に似通っている。新兵衛は大きな息を一つして、

「おぬしの兄金之助からの使いの者だ、ここをあけろ」

といった。

隣り近所の耳を意識して声を殺していったのだが、と聞くなり直二郎は傍《かたわ》らの行灯を引き寄せ、その灯をフッと吹き消した。

中も外も闇になった。

表戸一枚を中にして、討つ者討たれる者がともに息を殺した。

新兵衛の耳が冴《さ》える。

新兵衛は直二郎が斬って出てくるであろうと見ている。だから出てきたところを据え物にするつもりで、押し出した刀の柄《つか》に右手を副《そ》える体勢でじっと待ったが、そのときコトリという物音が屋内で起きた。

「ウン」

と新兵衛が目を泳がせたとき、くるかと見た直二郎はそうはしないで、どうやら裏口から脱出したらしい。この狭いへやに出入り口が二つもあるとは思われないから、万一を考えた直二郎が、このへやを借用するなり、逃げ口を一つ用意していたのかもしれない。

「チッ……」

新兵衛は舌を打ち、あわてて建物の横手に廻ったが、廻ったときには直二郎は、隣家境の隙間をまるでドブ鼠《ねずみ》かなんぞのように、抜け通っていた。

新兵衛も鼠の影を追う。

月は落ちたのか、それとも雲間にでもはいったのか、あたりはねっとりとした闇だが、直二郎はそれへ溶け込もうとするかのように黒い旋風《つむじ》になって、華宿院のくぐり門から中に躍り込んだ。

新兵衛は抜刀し、いま直二郎が走りくぐったくぐり戸をくぐろうとした。いまさっきと

は立場が逆転し、耳門《じもん》の内側では直二郎が据え物にせんとて、待ち受けているだろう。新兵衛は迷ったが、

「エイ、ままよ」

と、これも風になって丈の低いくぐり戸を掻いくぐった。と、ピカッとしたものがはたせるかな新兵衛の眼前を走った。

やはり待ち受けていたのだが、かろうじて新兵衛はそれを避《よ》けた。すると直二郎はそれ以上は斬りかかってこようとはせず、ふたたび背を見せて走りはじめた。

寺内は広いし、立木、池泉も数ある。それに紛《まぎ》れこもうという魂胆《こんたん》であろうが、そうはさせられない。ここで直二郎を見失えば積年の辛苦も水の泡だ。

新兵衛は追った。

「おのれ、逃げるか、卑怯《ひきょう》者。戻れ」

追いながら新兵衛は叫んだが、その声が耳にはいったのか、逃げる直二郎の足が停まった。足を停めて直二郎は振り向き、

「おのれは何者だ。名を、いえ」

と、荒い息を吐き吐きいった。

新兵衛はそういう直二郎の顔面を見た。たしかに旧主金之助と似た容貌をしている。

「いまもいうたぞ、寺井金之助の折助で新兵衛という者だ。それだけいえばもうわかるだろう。姦婦のおようは見逃してきたが、おまえだけはそうもいかん。いま打ち切ってやるからあの世に行って、兄者《あにじゃ》に詫びをいえ、申しわけなかったとな」

という新兵衛の声が終わるか終わらぬかに、

「ほざくな」

と直二郎が二つになれとばかり、真っ向から打ち込んできた。捨て身ともいえる打ち込みであったが、そのときには新兵衛の刃《やいば》が思いのほかのみごとさで、直二郎の右の脇腹を断ち割っていた。

直二郎は右にからだを傾《かし》げて、たたらを踏む。それへ新兵衛は拝み打ちの一刀をくれた。直二郎の口から「ギャッ」という悲鳴が出たのはそのときであったが、それが寺僧らの耳に届いたのか、一人二人の僧が灯《とも》を点して外に出てきた。寺僧だけではなしに、門前の町屋からも何人もの男どもが飛び出してきた。

新兵衛は刀身を拭って、それを鞘に納めた。

敵討ちは届け出てあるから、新兵衛には非の一つとしてないはず。やがてそれがわかるだろう。

新兵衛は落ち着いていた。

落ち着いているものだから、わしのこの仇討ちも行元寺のそれのように、ひょっとしたら華宿院のどこぞに陰文の石文なんぞになって残るのではないかと、惨劇の場にはおよそ似合わないことなど、思ったりした。

仇討ちの後、新兵衛は江戸から姿を消したようだが、その後のことはわかっていない。いずれ人目に立たぬところで朽《く》ちたのであろうが、ここにふしぎは、新兵衛が江戸から姿を消すのと時を同じゅうして、夜鷹のおようも江戸から消えたことである。一説では新兵衛と行をともにしたということであるが、真偽のほどはわからない。

また神楽坂上行元寺にあった「同有下田十一口」のあの陰文の碑は、目黒川端桐ヶ谷村（品川区西五反田《にしごたんだ》）の、同名の寺に現存しているという。

# 違い棚

# 1

首打ち役は脇差《わきざし》は帯《さ》さない。

それが作法である。

堀田孫三郎は二尺三寸四分のソボロ助広を右手に提《さ》げて、切腹人筧《かけい》伝五郎が待つ腹切り場にはいった。

着流しに黒無紋の羽織という姿だ。

文政三年(一八二〇)十一月半ばの日のことである。

孫三郎が手にしているソボロ助広は、孫三郎の旧主で、切腹人筧伝五郎に斬殺された戸田半左衛門秘蔵のもので、それは戸田家の刀簞笥《だんす》に納められていた。それを半左衛門の後家田鶴《たづ》から借り受けてきたものである。

田鶴と、半左衛門の遺児のおふくは夫の死後、田鶴の生家に引き取られている。

田鶴の父は若狭小浜《わかさおばま》酒井讃岐守《さぬきのかみ》の家臣で江戸留守居を勤めているが、家族は許しを受けて町《ちょう》住まいをしている。それへ引き取られているのだが、この田鶴と、夫となった半左衛門の縁はこの「江戸留守居」という役を抜きにしては語れない。

ざっと十年前、戸田半左衛門もまた姫路酒井家の江戸留守居を勤めていた。

江戸における各家の留守居というのはいわば外廻り役で、公儀、それから諸家、なかんずく一門の各家とは親密に往来し、しばしば打ち寄って飲み喰いをともにする。

そういう役柄だが、姫路酒井と小浜酒井はともに雅楽頭《うたのかみ》酒井系に属し、それゆえにずっと親交を保っていて、それが戸田半左衛門と田鶴の仲を取り持つことになった。

そういうなれそめさと、いつだったか、孫三郎はあるじの半左衛門から打ち明けられたことがある。

その半左衛門が不慮の死を遂げたのは、二年前の文政元年七月のこと。何者かに闇討ちをされたようなのだ。はじめは誰にやられたのかさだかではなかったが、そのうちに筧伝五郎の逆恨みによる犯行とわかってきた。

それならば遺族は敵《かたき》を討たなければならないが、実家に帰った田鶴はもともとがひ弱なからだの持ち主であるし、子のおふくはまだかぞえの八つ。これでは敵は討てぬ。そこで孫三郎と、やはり半左衛門の中間《ちゅうげん》であった左門の二人が、故主の仇討ちを買って出たのだが、敵を討つ前に酒井雅楽頭の手によって、伝五郎は召し捕られてしまった。

主家の物品を横領したという疑いからだ。

捕えられた伝五郎は巣鴨鶏声《けいせい》ガ窪《くぼ》の酒井家下屋敷につれ込まれ、詮議《せんぎ》あげくにきょう、仕置きを受けることになり、その首打ち役が「お情け」で、伝五郎を敵とする孫三郎と左門に下ったというわけだ。

だからこそそのソボロ助広の借用ということになったのだ。

半左衛門の腰の物で、半左衛門の命を奪ったやつの首を刎《は》ねようというのだ。

庭の、練り塀の内側に三方囲いの白幕が引かれ、腹切り場の前面には検使役が二、三。幕の外、喰い違いにつくられた出入り口には孫三郎の介添えとして左門が控える。

孫三郎が幕の喰い違いから中にはいると、すでに水浅葱《みずあさぎ》の死に装束をまとい、髷節《まげぶし》の一《いち》のあたりを後頭部に折り返されていた伝五郎が、ふと振り返った。

それと目と目が合った。

孫三郎は自分よりは四つも年下の、伝五郎の顔をじっと見た。

ちなみに孫三郎はことし、三十一である。

介錯人《かいしゃく》はわが姓名を名乗らなければならぬが、この場合は名乗りするまでもなかった。

孫三郎を見上げた伝五郎の目が、たちまちにして凍《い》てついてしまったからだ。

「おのれは、孫」

とは伝五郎は口にはしなかったが、そうといわんばかりの目で孫三郎を睨《にら》んだが、それもいっとき。伝五郎は、

「フン」

と鼻を鳴らした。

「そうか、そういう仕掛けか」

と、どうやら自得したようであったが、いかんせんいまは土壇《どだん》に据えられた身、そうとわかったとて伝五郎になんの執《と》る手があるものか。

「存分にやるがよい」

伝五郎は拗《す》ねた口をきいて向きを変え、足軽の差し出した一椀《ひとわん》の水を口にふくんだ。覚悟はできているのであろう、ふたたびは孫三郎を見返らず、死に着の前をくつろげはじめた。

孫三郎は伝五郎の左後方に立ち、ソボロ助広の鞘《さや》を払った。

ソボロ助広はその刃文《はもん》に特色がある。濤瀾《とうらん》乱れといって、刃区《はまち》から棟区《むねまち》にかけて荒波のようなのたれが打ちつづいている。

孫三郎はそれを八双に構えようとして、ふと、空を見た。幕の外には白雲木《はくうんぼく》の大樹があって、そろそろ冬木立になろうとしているその梢《こずえ》が、青い空に暗く浮き上がっている、と見た時、どこやらで鶏が鳴いた。

鶏声ガ窪といわれるここらには鶏を飼う農家が多く、したがって鶏の時ならぬ時作りもべつに珍しくもないのであろうが、孫三郎はそれを不吉なものとして捉えた。

故主の敵を討つどころではなかった。

その思いがふいに弾《はじ》けたのだ。

人の敵を討つどころか、孫三郎自身が敵持つ身で、いつなんどき討ち手の永井百次郎《ももじろう》なる者に、

「兄の敵」

と踏み込まれないともかぎらないのだ。

鶏鳴を耳にしたとたんに孫三郎は腋《わき》の下に汗するほどのおびえを感じた。が、そのとき、目の下の伝五郎がむずと動いた。水浅葱のからだを前傾させ、腕を伸ばして四方の上の白扇を取ろうとした。

白扇は切腹刀の代わりだが、それと見たとたん孫三郎はわれに返り、全身の神経と力をソボロ助広に集中させ、それを振り切った。

バサッという、濡《ぬ》れ手拭いをはたいたような鈍いが、しかし力強い音がし、と同時に伝五郎の首は両肩から離れて、飛泉の血潮とともに前に転がり落ちていた。

## 2

孫三郎の本姓は針谷《はりや》というのだが、針谷を堀田に変えたのは人を斬って、石州津和野を立ち退《の》かざるを得なくなったからだ。

八年前の文化九年（一八一二）のことだった。

当時孫三郎は二十三。まだ独り身で母親と二人で津和野城下稲荷《いなり》町の侍長屋に住んでいた。

孫三郎の職務は寺社町方奉行の手伝《てつだい》というものだった。他家でいう月並《つきなみ》下役、あるいは同心などと同じようなものだ。切米《きりまい》十五石余というのが、孫三郎が主人亀井隠岐守《おきのかみ》から受けていた禄《ろく》であったが、禄高のわりには手伝という役は出張が多かった。

文化九年夏のその日も孫三郎は命を承《う》けて、高津というところにいた。

高津は河港と海港を兼ねた津和野藩の津出し場。津和野川というのが日本海に向いて下っていて、それと捩《ねじ》れるかたちで石州街道も北に向かう。津和野から八里といった距離だ。

その日、用務を終えた孫三郎は旅舎に帰るべく陽蔭《ひかげ》を拾って歩いていた。そろそろ夕七ツ（四時）という頃合いであったが、夏の日のこととて往来はまだまだ明るい。なのにどう見てもう酔うているとしか見えない男が、ふいに孫三郎の前に立ち塞《ふさ》がった。

見ればそれは同家中の永井市郎ではないか。

「やあ……」

といいかけた口を孫三郎はつぐんだ。

永井は郡《こおり》奉行配下の紙目付というのをしている。紙は津和野藩の専売品で、だから津出し場に藩の蔵があり、それに永井は詰めているのだが、見れば永井は相当に酔っている。

永井の酒癖についてはとかくのうわさがある。

孫三郎はかかわらないことにして、道を避《よ》けようとした。これがよくなかった。

「待て。なんで避ける」

はたせるかな永井は絡んできた。永井市郎というのはふだんは寡黙《かもく》で謹飭《きんちょく》なのだが、酒がはいるとどうもいけない。

「避けちゃあいないさ」

孫三郎はいったが、いいながらも心中では迷惑を覚えていた。

「避けておらんならそれでよい。これから一杯やろうではないか。つきあえ」

人の気も知らずに永井は孫三郎の腕を取った。

孫三郎は取られた腕を振り解《ほど》いて、

「ことわる」

と、やや強い口でいった。こんなやつと酒なんぞ飲めるか。そう思ったからだ。

「ことわりは通らんぞ、つきあえ」

「つきあわん」

「いや、つきあえ」

「いや、つきあわん、ことわる」

「餓鬼骨《がきぼね》のくせに生《なま》をいうんじゃない、つきあえ」

永井はしつこい。

永井のいう「餓鬼骨」とは、安物の障子に使われる細くて粗末な下骨のこと。それと同じように当時の孫三郎は痩《や》せぎすであった。

孫三郎はむかっ腹を立てたが、ズブ六相手に本気もおとなげないと思い、

「くだは一人で巻くがいい、いちいち人に絡むんじゃあない」

いい捨てて押し通ろうとしたが、それが泥酔者の怒りを煽《あお》ったらしい。

「なにっ」

と永井はいい、いうなり腰をひねって刀を抜いた。だしぬけもいいところだが、永井は抜いたばかりではなしに、それをやみくもに振り回した。

孫三郎は逃げることを考えたが、そうはさせじと永井は斬り込んでくる。その勢いは生酔い本性違《たが》わず、なにか孫三郎に含むところでもあるかのように、激しい。

こうなると孫三郎も自衛上抜き合わさざるを得ない。

孫三郎も抜いた。

永井は斬り付けてくる。

孫三郎はやむなくそれと二、三合あわせたが、するうち孫三郎の切っ先が永井の左の横《よこ》鬢《びん》を割りつけた。それも相当に割ったとみえ、永井は路上に這《は》い、大きな虫の断末魔のように総身をのたうたせる。

孫三郎が敵持つ身となったのはこのためである。

孫三郎は藩庁にことの顚末《てんまつ》を届け、禄を返上した。

喧嘩《けんか》両成敗の掟《おきて》に従ったまでだが、浪人すると藩の侍長屋にはおられない。孫三郎は稲荷町から北へ四里の青原に住む縁者に母を預け、自分は江戸をめざした。

江戸に出て、いずれかの家中に拾ってもらうつもりであったが、そうはいかず、結局孫三郎が身を落ち着けた先は戸田半左衛門という人の侍奉公だった。

侍とはべつのことばでいえば若党、三一《サンピン》奴《やっこ》などと人に蔑《さげす》まれ貶《けな》される勤めだが、それでも無為徒食よりはなんぼましかもしれぬ。

孫三郎は戸田半左衛門の目見得《めみえ》を受けたが、そのときには永井市郎には百次郎という弟がいて、これが兄の敵と孫三郎を狙《ねら》っているという、風の便りは耳にしていた。

半左衛門の目見得を受けたのは、大手御門前の姫路屋敷内。そこにある留守居役の役宅だった。

間口十間というのがその役宅の大きさで、表玄関の奥には十畳、八畳の客間のほか、さらに四つ五つも居間があろうかというほどの構えで、玄関脇には侍長屋もあった。

その長屋に孫三郎ははいることになったのだが、さて、新しいあるじとなった半左衛門だが、会ってみると孫三郎よりは十ばかりも年上で、いかにも江戸お留守居らしく垢抜《あかぬ》けした洒脱《しゃだつ》な人物だった。

「なぜ、もとの主家を離れたのかね」

半左衛門にまず聞かれたのはそのことだった。

浪人した事情をいえという。

孫三郎は永井市郎との一件を語った上で、

「敵とつけ狙われてはかないませんので、ご奉公に際し、針谷を母方の堀田姓に変えました」

と正直に告げた。

「ホホウ、敵持ちの身なのかね」

半左衛門は敵を持つという点にいささかの興味を示したが、そのことにはそれ以上は触れようとはせず、母御前《ごぜん》への仕送りは、

「そなたの名では藪《やぶ》をつつくことになろう。これから先はわしの名で送って進ぜる。しかし、それにしてもひとかどの武士が人の侍では辛《つら》かろうが、これも時世時節《ときよ》、しばらくは辛抱することだな」

と、そういってくれた。

孫三郎が忠誠を誓ったことはいうまでもなかろう。

若党というのはいうなれば主人の手足である。あるじが外に出るときはそれに随行し、そのほか雑用もあれこれと熟《こな》さなければならない。

そういう仕事だ。

孫三郎はまめに働いた。

ところで半左衛門には田鶴という新妻がいて、夫妻とも留守居役宅にはいっていたが、孫三郎が若党となって一年目に、田鶴は初子を産んだ。

おふくである。

その年、戸田家の中間が隙《ひま》を取って去り、かわりの中間がはいってきた。

左門といって、年は孫三郎と同じであったが、左門はどうやら上方《かみがた》の出らしく、ものいいにぬくもりがあり、物腰も妙に柔和だった。

その左門、孫三郎と同じ長屋にはいった。

いまのところ侍長屋の住人は孫三郎と左門の二人だけである。

ある夜、あるじ半左衛門からの下され酒があり、それを二人してやりながら孫三郎が聞くと、

「あんたは上方らしいが、どこかね。わしは石見《いわみ》の出なんだけどね」

「わたしは大和《やまと》ですよ」

と、左門は気軽そうに答えた。

孫三郎はこの左門ももとは武士ではないかと疑った。

武家奉公の中間は一応士分とされているが、厳格にいえば武士ではない。しかし左門は、もとをただせば武士ではなかったのかと見られるふしが、ないでもない。

「なにかわけありと見えるね」

そう多くもない酒、だいじに舐《な》めながら孫三郎は重ねて聞いた。

「そう見えますか」

「見える」

「そういわれる孫三郎さんこそなにかの事情持ち、それがしにはそうと見えますがね」

左門は笑っていう。

「事情持ちどころか、わしは敵持ちさ」

ずけりと孫三郎はいってのけた。敵持つ身は天《あま》が下隠れ場もないといい、それだけにまた警戒を怠ってはならない。

それがふつうだ。

孫三郎もつねに百次郎のことは胸の底に蔵《しま》っているし、だからこそ母方の姓を名乗ったり、奉公先のあるじにもそうと正直に告げたりしている。心の底におびえが岩のように居《い》据《す》わっている証拠だが、だからといってくる日もくる日もおびえつづけているわけではない。

いまもそれだ。百次郎がきたらきたときのことと、酒のせいもあり、多少居直って左門にそうといったのだが、と聞いた左門は、ものもいわずに孫三郎の顔をみつめていたが、ややして、

「わたしも実は似た身の上なんです」

と、やんわりとではあるが、そういったではないか。

「ホー」

孫三郎は声を上げた。

やはりというか、それにしてもというか、そんな複雑な思いに駆られたからだ。

「恥をいわにゃあなりませんがね、わたしは妻敵《めがたき》を成敗しようとして、仕損じたんですよ」

ぼそっと、左門はいった。

「なに、妻敵……」

孫三郎は口をあんぐりとした。

妻敵成敗なんてめったにあることではない。

そう思ったからだ。

3

大和郡山《こおりやま》柳沢甲斐守《かいのかみ》の江戸屋敷は外桜田にあって、すぐの西隣りが日向飫肥《ひゅうがおび》伊東修理大夫、そのも一つ西が津和野亀井隠岐守のそれぞれ江戸屋敷になっている。

その外桜田のお屋敷に左門こと山田佐内がはいったのは、おととし六月のこと。

柳沢侯の出府は各年六月ときまっていて、六月に江戸までお供してきた家臣の大半は折り返して帰国したが、佐内は一年の江戸詰をいい渡された。

佐内には結婚してまだ半年とはならぬ妻がいて、それは郡山に残っている。

妻の名はゆき。

そのゆきがなんとも恋しくてならぬ佐内だったが、しかし江戸と郡山は遠い。佐内はじっと辛抱し、つぎの年、つまり去年の六月、主君のお国入りに従って帰国ということになった。

道中十三宿。

やっとの思いで帰ったのだが、帰ってみるとそこにはいまわしいうわさが広まっていた。

新妻のゆきが姦通しているというのだ。

相手は佐内もよく知っている井上晋太郎であると、いう。

晋太郎は佐内とは違ってこの一年、ずっと在国していた。それで空閨《くうけい》のゆきをそそのかし、ゆきもまたその気になったのかと佐内は思ったが、あとでわかったところでは、ゆきは佐内と結婚する以前からすでに晋太郎とはかかわりを持っていて、佐内不在で焼け棒杭《ぼっくい》にまたの火がついたということらしい。

だが、そのときには佐内はそうとは知らない。で、ゆきに真実はどうなのかと問い質《ただ》したが、ゆきは姦通は認めたものの、

「もはやおまえさまと暮らすつもりはありません。どうぞ離縁してくださいませ」

と、すっかり開き直ったではないか。

深く晋太郎と契《ちぎ》り合っているからであろう。

佐内は晋太郎方を訪ね、晋太郎を外につれ出した。

晋太郎は家中では並みの徒士《かち》だが、晋太郎の父は書院詰の広敷《ひろしき》御用役、つまり柳沢家の奥向き、台所向きなどの用務いっさいを掌《つかさど》っていて、その権勢は侮《あなど》れないが、しかし、それとこれはべつであろう。

晋太郎は「はなしがある」という佐内をじろりと見たが、大小を腰に出てきた。そのときにはもう陽は生駒《いこま》連山の暗《くらがり》峠の向こうに落ちていて、あたりはずいぶんと暗くなっていた。

「はなしがあるというたが、なんのはなしぞ」

晋太郎があらたまった口をきいたときには、城下の屋敷町からかなり離れた佐保川近くまできていた。

この川は奈良から流れてきて大和川にはいり、末は堺の海に注ぐ。

そう大きな流れではない。

それの近くまできていた。

周りは原野で、遠くに百姓屋の灯がチラついている。

「聞くまでもなかろう。自分がなにをしたか、胸に手を置いてみるがよかろう」

突き刺すような声を、佐内は出した。

「なんだ、ご妻女のことか」

晋太郎はいう。語るに落ちるの図だが、それにしても晋太郎は平然としている。それがどうしたといわんばかりの顔をしている。

佐内は頭に血を上らせた。

妻を奪われたという体面上のこともさることながら、それよりもゆきという女の、その身も心も奪ったやつかと思うと、どうにも許しがたい。

ゆきというのは白い、のびやかな肢体の持ち主だが、そのゆきの白い足腰がふいに佐内の目の中いっぱいに広がった。

「抜け」

激しい嫉妬《しっと》と憎悪に佐内は目眩《めくら》みし、思わず鯉口《こいぐち》を切った。だが、

「なんで抜かにゃあならん、おゆきとは合意の上のことだぜ」

晋太郎は薄ら笑いを見せたが、それでも佐内の左手の動きを見ると、いまにも逃げ出そうかという姿勢を示した。

逃がしてなるものか。

佐内は鞘走らせた。

「あっ、こいつ……」

佐内が引き抜いたのを見て晋太郎は仰天したが、やにわに背を向けて走り出した。その背へ佐内は一太刀《ひとたち》浴びせかけた。多少の手応えはあったようだが、それでも晋太郎は逃げ走る。

足が迅《はや》い。

「待て」

佐内は跡を追ったが、追ううち、これは追っても追いきれぬと思った。晋太郎の逃げ足が思いのほか早いからだ。だが、だからといって晋太郎の屋敷まで跡を追っても、そこはもう門を固めているに違いない。

考えてみれば佐内は妻敵討ちにしては、もっともまずい手法を採《と》ったことになる。

これでは家中の笑い物になるだけだ。

そう思うとなんとも居たたまれない。

まだゆきには未練もあったが、「別れる」といい張るゆきであった。そこまで思いつめている女を翻意させるのはむずかしかろう。

佐内はそのまま脱藩した。

「届けもなにもしないままですよ。どうにも居づらかったものですからね、しかし山田佐内じゃあうしろめたい。そこで左門と改めてまず大坂へ行ったのですがね」

左門はそういって、目許に笑いのような翳《かげ》りをにじませた。

「そういうことだったのかね」

孫三郎はうなずいて見せたが、うなずきながらも、

「なんという縁だろう」

と思った。

左門と自分との出会いだ。

孫三郎は前年の夏に家中の者を斬って浪人し、その年のうちに戸田半左衛門に拾われたのだが、同じ年の六月、左門も間男《まおとこ》を討ち損ねて浪人し、やはり戸田半左衛門の中間となってここにき、このようにして酒を酌《く》み交わしている。

奇縁といわざるを得ぬような出会いではないか。

「わしは敵持つ身だとはなにいったが、するとおぬしもその井上晋太郎とやらに恨みを買う人間かね」

左門の目をみつめて孫三郎がいうと、

「さよう、どこぞで出会えば意趣ありと斬りかかってこようやもしれぬ。しかし、そのときにはこんどはこっちが逃げますがね」

アハハと、左門は笑った。笑いはしたが左門とてその危険からできるなら遠ざかるべく、名を変え、姿をやつしている。

二六時中、腹中、穏やかではないはずだ。

「ともにしくじり浪人とはの」

嘆息まじりに孫三郎はいった。

孫三郎の目にはいまも永井市郎の死に顔がある。割れた顔面を夏草の中に突っ込んで倒れたあのときの顔だ。迸《ほとばし》り出る血潮の強烈な臭さと、あたり一面に漂っていた青っぽい草いきれが、いまも孫三郎の鼻孔に住みついている。

すべての動きが止まったかのような、あの瞬間の高津の町の眺めも、まがまがしいものとして孫三郎の目の底に焼き付いている。思い返すだけでもそれは身ぶるいするような恐ろしい光景ではある。

孫三郎は話題を変えた。

頂いた酒はあらかたなくなっている。

「大坂はどうでした」

大坂ではうまくいかなかった。だから江戸にきた。それは聞かずともわかっているが、わかっていて聞いたのは永井市郎の死に顔を追い払うためだ。

「どうせなら椋鳥《むくどり》でもよいから江戸者になろうと品川まできた。そしたらモシ……と声をかける者がいる。人宿《ひとやど》の番頭だったんですよ、中間奉公でもするつもりならきょうが日にでもお世話できる。そういうんですよ。江戸にはきても、江戸にこれという知る辺《べ》があるわけじゃあなし、思いきってその者の世話になった。そしたらここへつれてこられたというわけです」

なんの屈託もなげに左門はいった。

一年近くも上方にいた。しかし徒手空拳でいかんともしがたい。そこのところを教訓として得て、この際は中間でもなんでもいいと肚《はら》を決めて奉公に上がったのであろう。屈託がないのはすでに肚が固まっているからであろう。

中間はべつのことばでいうなら荒し子、いうなら下男。その仕事といったら雑役がほとんど。

妻敵とはいえ、人を一人傷つけたばかりに左門は、見ようによっては落ちるところまで落ちたともいえよう。

だが、それは孫三郎とて同じことだった。

「お互いが江戸では椋鳥といわれる存在だ。けど、まあ仲ようやろうではないか」

孫三郎のほうから手を差し延べると、左門は孫三郎の手を取って、押し戴《いただ》いた。

先輩に対するそれが儀礼であろうか。

## 4

四年ばかりが経過して文化十四年の冬になったが、この四年間、孫三郎の身の上にはこれという変事はなかった。

くるかもと虞《おそ》れている永井百次郎もこの四年間には姿を見せず、左門のほうも晋太郎とは出会ってはいないようであった。

半左衛門の郎党二人はそのように鳴かず飛ばずであったが、家来どもの平穏とは異なって、半左衛門の身の廻りはいささかばたくさしていた。

ばたくさの第一は半左衛門が妾《めかけ》を持ったことである。

半左衛門は、諸家とのつきあいから遊びの手の一つも心得ておかなければならず、それもあって傘谷《かさたに》坂下に住む五目《ごもく》の師匠のもとに通っていた。

二年ばかり前からだ。

五目とは五目浄瑠璃《じょうるり》のことだが、半左衛門が稽古《けいこ》をつけてもらっている師匠は女で、浄瑠璃の語りよりかは新内を得意としていて、その美声は近隣でも評判であったという。

名がおいし。

年は二十三。

容色も捨てては置けぬほどのものらしいが、捨てては置けぬ美貌のおいしをどうくどいたのか、あるときから半左衛門はこれを妾としていた。

女を囲えば多くの場合妾宅《しょうたく》を構え、それに女を住まわせる。それがふつうだが、おいしの住む傘谷坂下の二階屋はおいしの持ち家。だから妾宅など構える必要はなく、半左衛門のほうがそれへ通うようになっていた。

傘谷坂は坂上は本郷だが、坂下は湯島五丁目あたりになる。板橋道が南からきて北に抜けているのだが、その街道から西に岐《わか》れたあたりが湯島五丁目。この五丁目の横丁をすこしはいると、その先で道が三つ股になる。その辻においしの家はあって、階下は路地を直接背中にしている。

それへ半左衛門は通うことになり、荒仕事が勤めの左門も、ときにはそこへ行くことになった。

水汲《く》み、薪《まき》割り。とにかく男手を要する仕事はその大半が左門の肩にかかってきたからだ。

妾宅から大手門前の上屋敷までは二十四、五丁。巣鴨《すがも》の下屋敷まではざっと二十丁余という距離だが、半左衛門がそこに住むおいしを妾とするにいたったのには、いささかのいきさつがある。

江戸お留守居の半左衛門には何人かの下役がいる。介役《かいやく》といわれるのもそうだし、硯《すずり》方《かた》もそう。この硯方の一人であった細田久右衛門というのが、急病死した。

二年前の文化十二年夏のことである。

久右衛門はそのとき四十いくつ。半左衛門に忠実な下役であったが、この久右衛門には嗣子《しし》というものがなかった。嗣子がなければ絶家というのが武家社会のならわしである。

上役半左衛門はそこのところを心配し、久右衛門の後家や、細田家の縁辺とも語らって急養子を迎えることにした。

まず細田の遠縁にいほという娘がいることに目をつけ、これをにわか造りの細田の養女とし、それに婿を迎え入れることとした。

その婿というのが筧伝五郎で、そのとき彼は二十二、三。一方のいほは十九歳だった。

伝五郎は本所に住む浪人者の三男とかで、養子口でもないかぎり、生涯卯建《うだつ》の上がらない身だった。だから伝五郎は喜んで細田の婿となり、と同時に亡父久右衛門の跡を襲ってお屋敷に出仕することになった。

それもこれもすべてが半左衛門の努力に負うところであったが、伝五郎はなぜかそうは半左衛門に感謝しなかった。

半左衛門をうっとうしい存在と見たのかどうか。

それは半左衛門にはわからぬことだったらしい。

細田久右衛門の食禄を伝五郎は受け継いだが、藩からいい渡された役向きは久右衛門の留守居役書記とは違って、江戸作事奉行配下というものだった。

姫路藩の江戸屋敷というのは、上《かみ》中下《しも》合わせて四万坪から上あり、それに数多くの建造物が建てられている。それらの管理修繕が作事方の主たる役どころで、伝五郎はそれの下役として配置されたのだ。

伝五郎というのはなかなか容子《ようす》のいい男で、三味も爪弾《つまび》けば二上《にあが》りもうたうという調法なところもあって、勤め仲間のあいだにも人気はあったが、異相の持ち主でもあった。

黒子《ほくろ》だ。

眉間《みけん》の、易でいう印堂《いんどう》というところにかなり大きな黒子があって、初対面の人にもすぐその顔をおぼえられるという、弱点といえば弱点、それが特色といえば特色ともいえる人相の持ち主ではあったのだ。

けど、いほはそういう夫に満足していたし、久右衛門の後家もいい婿を得たと、半左衛門に感謝の意を示したが、半左衛門ははじめから伝五郎に白羽の矢を立てたわけではなかった。

伝五郎など、そもそも半左衛門は知らなかったのだ。

知ったのは同じ組合に属する某家の留守居に、

「しかるべき男はおらんかね」

と、それとなく持ちかけたところ、

「傘谷坂下の五目のテテ親というのが本所では顔で、本所に住む浪人の三男だか五男だかが養子口を探しておると、そういえばいつぞや師匠のおいしというのが洩《も》らしていた」

と、耳よりなことを教えてくれた。

それで伝五郎の存在を知ったわけだが、伝五郎を知るのと同時に半左衛門はおいしの弟子になり、それにとどまらずに師匠を妾としたのだが、それはそれとしても問題は筧改め細田となった伝五郎。家中の受けもわるくはなく、勤めっぷりもまずまずという滑り出しを見せたのだが、それはどうやら猫っ被《かぶ》りであったらしく、ほどなく化けの皮をあらわしはじめた。

伝五郎は遊び好きな上に着道楽ときていて、身を飾るのにことのほかのカネを使う。細田家の禄はさほどのものではなかったから、そうは贅沢《ぜいたく》はできぬ。なのに伝五郎は絹やつしをし、絹やつしをするためにそこここからカネを借りはじめた。それもまったくの行き当たりばったりで、しまいには座頭金はおろか烏金《からす》にまで手を出す始末とはなった。

烏金は「明けのカァ」で借り、「夕べのカァ」で返さなければならない。返さなければ「泊り烏」といわれて利子が倍増する。とんでもない借金なのに伝五郎はそれにも手を出した。

当然取り立てはある。

大勢で屋敷にまで押しかけてくる。

これでは細田家の面目かたなしだ。

久右衛門の後家からそうとぐちられて半左衛門は弱った。なまじ自分が世話した婿どのだけに、捨てておくというわけにもいかない。

半左衛門は細田の親類一統に、伝五郎の借金始末を懇請した。

それでその借金騒ぎは一応のケリを見たのだが、伝五郎は懲《こ》りなかった。

ほとぼりがさめるかさめぬかに、また多額の借金をつくった。

半左衛門はまたぞろ後家に泣きつかれ、再度の親族会議を開いたが、もはや仏の顔も二度だった。縁者は口を揃《そろ》えて、

「きりがない」

といい、

「伝五郎は笊《ざる》、水を注いでも無益」

と一刀両断し、そればかりか、

「たって始末せよというのなら、その見返りとして伝五郎の名跡《みょうせき》縁組は解消し、伝五郎を細田家から去らせよ、それなら再度の清算を考えてもよい」

と、伝五郎の不始末は半左衛門の責《せめ》であるかのような、結論を出した。

「それでは細田の家が絶えてしまう」

半左衛門はその点を強調したが、親類の一統は伝五郎を去らせてもいほは残しておく。そしてそのいほに再度の婿を取れば細田の家は断絶から免れるといい、

「そもそも伝五郎はこなたの肝煎《きもい》りによるもの。ならば伝五郎の縁組解消はこなたの手で取り仕切ってもらいたい」

と、半左衛門に詰め寄ってきた。

半左衛門としても乗りかかった船。都合がわるくなったからといって、にわかに下船というわけにはいかない。

半左衛門は閉口しながらも伝五郎を自分の役屋敷に呼び、細田家一統の総意を伝え、

「それもこれもそなたの身から出た錆《さび》だ。もはや取りなしの手立てもない」

と、とうとう引導を渡してしまった。

伝五郎はさすがに愕然《がくぜん》としたが、山と抱えた借金の前にはそれもやむを得ぬと観念したのか、

「せめていほだけでも伴って出たい」

と、哀願するようにいった。

しかし、それは許されぬことだった。細田の名跡を保つためにもいほは細田の人間でありつづけなければならない。

半左衛門は心を鬼にして、伝五郎の哀願を蹴《け》った。

「ならば致し方もござらん」

ついに伝五郎はあきらめて細田の家を去った。

姫路酒井家の家臣でなくなったのも同日のこと。

というのがこの年、すなわち文化十四年秋口のことで、伝五郎が荷物をまとめて立ち去った日、半左衛門は疲れた表情でお小屋に戻り、

「伝五郎めは出て行ったわ」

と、迎えに出た孫三郎にいった。

これまでの推移はときに孫三郎は半左衛門から聞かされている。

「さようでしたか」

孫三郎はいい、

「ご新造もならばごいっしょですか」

と聞いてみた。

孫三郎のいうご新造とはいほのことである。

「いや、あれは残した。あれまで去らせると細田の家は無《の》うなってしまう」

半左衛門は首を振った。

半左衛門としては、あくまでもかつての下役久右衛門の名跡だけは守ってやりたかったのであろう。

半左衛門とはそういう人間。

そうと孫三郎は理解したが、そういう半左衛門の親切も結局は徒《あだ》になってしまう。

孫三郎が半左衛門の口から、

「伝五郎は出て行った」

と聞かされた日から一ト月とはたたぬうちに、留め置いたはずのいほも細田家を出て伝五郎のもとに走ってしまったのだ。

細田の名跡が絶えたのはいうまでもなかろう。

# 5

箟伝五郎と妻いほの隠れ家を見つけたのは、伝五郎が細田家を逐《お》われて二年たった、文政二年のこと。それももう年の瀬がそこに迫っているという、なんとも心あわただしい日のことだった。

見つけ出したのは左門である。

「ついに見届けた」

という左門の貧に窶《やつ》れた顔を、孫三郎も貧苦に歪《ゆが》んだ顔で見据えた。

「どこだ」

「深川。富久町《とみひさ》の次郎吉店《だな》。手蹟《しゆせき》の師匠をしておる」

左門はいう。

富久町は永代《えいたい》橋から東へ六、七丁も行った油堀北岸の町。元木場二十一カ町の一つで、深川ももうはずれに近い。近くには三河西尾松平和泉守《いずみのかみ》の下屋敷がある。

左門はそう説明した。

「そんなところにいたのか」

孫三郎は息を飲んだ。

伝五郎の隠れ家がわかれば、ただちに敵討ちに出向かなければならない。

敵討ちは左門と二人でやる。

かねてからそうと取り決めている。

「時節到来だな」

左門の目の内を見て、孫三郎はいった。

「そうだ、たとえ匍匐《ほふく》していようとていつかはこれだ。あれから一年と五カ月だ」

折るまでもない指を折って、腰切り半纏《ばんてん》姿の左門はいった。

あれからとは、あるじの戸田半左衛門が殺された日からかぞえて、ということ。

たとえ地の果てに屈《くぐ》まっていようとていつかはこれだ。

左門はそういうのだ。

半左衛門が殺されたのは前年、すなわち文政元年の七月末日のこと。どこかでつくつく法師が鳴いていたという夕暮れのことだ。

その日、半左衛門は公用の帰途、乗り物を傘谷坂下に向けさせた。

陽はまだ高かった。

「今宵はこっちで泊まる。迎えは明日、昼前でよい」

駕籠《かご》脇の孫三郎にそういい置いて、半左衛門は妾宅にはいって行った。

孫三郎はだからそのままお屋敷内の、半左衛門のお小屋まで帰ったのだが、後で繰り合わせてみると、変事は孫三郎が藩邸に帰り着くか着かぬかに起きたらしい。

妾宅にはいった半左衛門はまず汗をと、行水を使った。

往来に面した壺庭《つぼにわ》でだった。

庭は板塀で囲まれ、板塀の外は与力片町《よりきかた》というところの定火消《じょうびけし》役宅に通る道だ。

行水を終えた半左衛門は庭つづきの茶の間に上がって、そこでうちわを使った。

残暑はまだきびしい。

半左衛門がうちわを使った茶の間も往来に面していて、それには窓があり、窓にはへいぜいは障子が立てられている。しかしまだ暮れきってはいないし、それに湯上がりでもありして、半左衛門は障子を半開きにして、風を入れていた。

妾のおいしはそのとき用事で二階にいたし、婆《ばあ》やは台所で酒の支度をしていた。その婆やと、二階にいたおいしがともにただならぬ男の声を耳にした。

それはどうも半左衛門のものらしい。

二人の耳にはそうと聞こえた。

そこで二人、前後して茶の間に走ってみると、なんと泥に酔うた鮒《ふな》のように血の海の中で半左衛門がのたうっているではないか。

すでに意識は失っている。

傷は一つ。

窓を背にしていたらしい半左衛門は、窓越しに一気に腰から腹にかけて刺し通されていて、刃物の切っ先は臍《へそ》の上で外に突き抜けていた。

内臓はずたずたで、半左衛門は誰にやられたかも告げ得ずに、そのまま絶息した。

享年三十九。

だが、下手人はほどなくわかった。

火消屋敷詰の臥煙《がえん》が、半左衛門が刺されたのと同時刻、表通りの板橋道に向けてあたふたと走り去る浪人者を見かけていたのだ。

臥煙とは火消屋敷の大部屋にいる中間だが、その者の証言する浪人の人相、風体《ふうてい》、年頃、それが伝五郎に瓜《うり》二つであるばかりか、臥煙は立ち去る浪人の印堂に黒い大きな黒子があったことまで、しかと見ていたのだ。

すなわち犯人は伝五郎。

伝五郎を措《お》いてはほかに下手人はないことになろう。

細田家を逐われたことを根に持ち、ずっと半左衛門を狙っていた。

そうと解釈せざるを得ないではないか。

父が討たれればその子が、夫が殺されれば妻が、それぞれ恨みを霽《は》らすというのが武家のしきたりだが、しかし半左衛門の遺児は稚《おさな》いし、半左衛門の後家の田鶴にしても、現実には敵など討てたものではない。

半左衛門には妻子のほかに実の弟で、日本橋新右衛門町で町医をしている戸田道白という者がいるが、武士を捨てて町の人別にはいっている道白には、敵を討とうという意志も気力もない。

この、誰も討ち手のいない敵討ちを若党であった孫三郎が担《にな》うことになったのは、孫三郎が、そういう星の下《もと》に生まれあわせていたというしか、ほかにいいあらわしようがない。

思えば伝五郎は養家細田を断家とし、いままた戸田家を廃絶へと追い込んだのである。

この責任は問われなくてはなるまい。

問うとしたらそれは孫三郎以外には誰もいない。

そういう状況であった。

それに孫三郎は半左衛門に並みならぬ好遇を受けていた。孫三郎の給金の一部を半左衛門の名で、石見なる母親の許まで、毎回、送り届けてくれている。

それも半左衛門を徳とすることの一つだ。

その恩誼《おんぎ》に報いなければ人の道はすたれてしまう。

孫三郎は左門を誘ってみた。もし左門にことわられても、一人でも決行するつもりで誘ったのだが、誘われた左門は、

「こりゃあ驚いた。こっちから誘ってみようと思っていたところだ」

と、二つ返事で引き受けたが、しばらくしてニヤリとし、

「それにしても敵持つ身の二人が、わがことは棚上げしてこんどは敵討つ立場に廻るとはな」

といって、アハハと大きな声で笑った。

これで二人して旧主の仇を報ずることになったが、肝心の伝五郎がどこにいるのかはわからないし、それを探り出そうにも給金のもとを失った二人にはそんなゆとりなどどこにもない。

「新右衛門町の道白に掛け合おうではないか」

孫三郎が提案し、一日、二人して日本橋の先に道白を訪ねてみた。

仇討ちの費用を出させようというのである。

道白はこころよく承知し、敵が見つかるまでの間、孫三郎は小倉の袴《はかま》など穿《は》く道白の薬《は》

箱《こ》持ちに化け、左門は物売りになる。それらの費用は合切《がっさい》道白が負担することではなしはついた。

そして一年余。

左門が、ようようにして伝五郎の隠れ家を突きとめたという次第だ。

このとき孫三郎は三十歳。

左門も同年。

三十にもなるまで孫三郎はずっと独身であったし、左門もまた間男された前の妻のほかには女というものを知らないでいる。ここで伝五郎を仕留めれば孫、左ともに生涯を棒に振ることになり、いよいよ女とは縁遠くなってしまうだろう。

「そういうことになるぜ、左門うじ」

伝五郎発見の報にいっときは胸を躍らせたが、やがて打ち水が夏の熱い土に吸われるように、なんともやるせない思いが、ジンと音を立てて、孫三郎の胸の底に沈んだ。

その思いは左門も同じはず。しかし左門はこともなげに、

「生涯はとうに棒に振っておる。いまさらのものじゃあないが、それよりも孫さん、伝五郎のやつはどうもわしの顔に見覚えがあるらしい」

と、気になることをつけ足した。

青物の担い商《あきな》いをするうち伝五郎の妻のいほを見つけた。しかし、いほは左門を知らない。そこで青物をひろげてあれこれいっていると、そこへなんと伝五郎本人があらわれたではないか。

伝五郎は妻のそばに突っ立ち、見るでもない目で左門を見ていたが、そのうちに、

「どこかで見たことのある顔だな、おめえ、もしかして姫路の屋敷にでもいやぁしなかったかい」

と、いったというのだ。

「とんでもねえ」

すっとぼけて左門は首を振った。半左衛門の侍の孫三郎ならいざ知らず、中間風情《ふぜい》がお屋敷内のよその旦那《だんな》に近づけるはずはない。げんに左門は、伝五郎が細田家を放逐されるまでの間、伝五郎を見かけたのはホンの一、二度、それも遠くからだ。いほにいたってはそれこそちらり見ぐらいにしか、見ていない。

「そうかなァ」

伝五郎は黒子の顔でなおも左門を見ていたが、しまいには、

「戸田という名に覚えはないか」

とまでいった。

やはりどこかで見た顔と、そう思っているらしい。

「いえ、いっこうに。あっしゃあ根っからの棒手担《ぼてかつ》ぎですよ」

左門はそう答えると、右肩のあたりを押しひろげて、肩の荷瘤《にこぶ》をこれ見よと、見せつけた。

伝五郎はそれで黙った。

左門の荷瘤は半左衛門の中間になってからできたものだ。

## 6

姫路の江戸屋敷から、新右衛門町裏に店《たな》借りする孫、左宛ての差紙《さしがみ》が届いたのは、伝五郎の隠れ家を見つけてから一年を経過した、文政三年十一月十日のことだった。揃って来邸せよというお達しである。

二人はそれぞれ羽織など工面して、大手堀端のお屋敷まで出向いたが、実は揃ってお屋敷まで罷《まか》り出たのは、これが初のことではなかった。

伝五郎を見つけた直後にも二人は仇討ち訴願のために、かつて黒鴨《くろがも》として出入りしていたお屋敷に参上している。

黒鴨とは下男というほどの意味だが、参上した二人に会ってくれたのは江戸目付の一人であったが、その目付は二人の訴願については、

「そのほうらの熱い気持ちはわからんではないが、半左衛門には妻子があるはず。その者らを差し置いては世の仕置きが立つまい。まず妻子に敵を討たせるのが順序というものではないか」

と、いわれた。

それが作法だというのだが、それはできぬ相談だった。

孫三郎も左門も口を揃えて田鶴は病弱、そして子のおふくは幼児、とてもそれはかなわぬことと、喰い下がった。が、藩邸は、

「ならばやむなし」

とはいってくれなかった。順逆もさることながら伝五郎には半左殺しのしっかりとした証拠がない。それも訴願を受け付けぬ大きな理由の一つだと、いわれた。

二人は一応引き退《さ》がった。

しかし、あくまでも伝五郎を討つという意志は枉《ま》げない。

左門はその後も青物売りとして伝五郎方を訪ね、ときには世間ばなしにかこつけて伝五郎の口を割ろうとしたが、伝五郎もさる者、めったなことでは口は滑らせない。

伝五郎の自白がなければ、伝五郎を下手人ときめつけることはできない。

とはいうものの一方には臥煙の証言というものがある。人相、風体、年恰好、加うるに眉間の黒子。それらはそっくり伝五郎であって、断じて余人ではなかろう。

孫、左両人はまた藩邸を訪ねて、さきの目付に面晤《めんご》を乞い、

「どうしてもご赦免を」

と、再度の申し入れをした。

赦免がなければたとえ伝五郎を成敗したにしても、それはただの私闘と見なされ処罰されてしまう。

しかし、やはり藩邸は慎重だった。

「その臥煙の証言というのは信用できるのか」

目付はやはりそこにこだわる。

「かりに臥煙の見間違い、または臥煙の作り話であったとしてもああまで瓜二つには作れますまいし、眉間の黒子までそっくりの人間が二人いるとは、どうしても信じられません」

「それはそうだろうが、しかし、いま一つ決め手に欠けるの」

藩邸はやはり石で手を詰めたようなことをいう。そんなことをいわれては孫三郎も左門

も動きがとれない。

残念だが黙り込むしかない。

二人は黙った。

二人が黙ると目付も腕を組んで、口を閉じてしまう。

しばらくそういう窮屈な間があったが、やがてのことに目付は、

「伝五郎はいまも深川におるのか」

と、ひょいとはなしの向きを変えた。

「それは、おります。ですが所詮は臑《すね》に傷持つ身、いつなんどき風を喰らうやらもわかりません、そうなっては……」

唇を嚙《か》むような顔で左門も訴える。

「それも考えられんではないが……、まあよかろう、なんとか手がないか、お互いもう一度考えてみようではないか」

目付役はそういい、その日の面談はそこで打ち切られた。

それが一ト月ばかり前のことであったが、その日から一ト月たったこの日、こんどはお屋敷から正式の呼び出しがかかったのだ。

二人が通されたのは前二回と同様、家臣の出入り口である御切手門《ごきって》をはいってすぐのと

ころの、溜《たまり》だった。

この日はいまにも一時雨《しぐれ》きそうな暗い色の空模様であったが、二人が溜に通されたとたんに痺《しび》れが切れたかのようにパラパラときた。

ただし通り雨。

雨はすぐどこやらへ去ってしまった。

待つ間もなしに先日の目付役が姿を見せたが、目付はこの日は一人ではなく、添え役らしいのを一人帯同している。それだけになにか重大ないい渡しでもあるのかと孫三郎は緊張したが、目付は意外なことを口にした。

「伝五郎を捕らえた」

というのである。

「なんですと」

孫三郎はあっけにとられて目付の表情を眺めた。だが、目付は落ち着いていて、

「まず、聞け」

というと、伝五郎捕縛の事情というのを語った。

伝五郎を敵とする孫三郎らの願いは藩としても受理したい。それはいつわらぬ気持ちだが、なにさま伝五郎には確証が乏《とぼ》しい。そこで藩邸では伝五郎を盗《ぬす》っ人《と》として捕縛するこ

とを考え、月番町奉行の内諾を得て富久町から伝五郎を引いてきた。

伝五郎にかけた盗犯の疑いというのは、伝五郎の養父細田久右衛門に預けてあった主家の香炉を、伝五郎が勝手に処分したというものである。

その香炉というのは藩主酒井忠実《ただみつ》の夫人所有のもので、夫人が遠州横須賀西尾家から輿《こし》入れの際持ってき、それをなにかのわけありで細田久右衛門に預けていた。

それを伝五郎が持ち出し、換金したというのだ。

だが、巣鴨鶏声ガ窪の下屋敷に引かれた伝五郎は、

「香炉はもともと細田家のもの。それを養子となった自分が処分したとしても、それは盗みには当たらない」

といい張った。ならばと藩邸では香炉詮議はひとまず脇に置き、日をあらため、

「戸田半左衛門を闇討ちしたのはそのほうであろう」

と、ふいにたたみかけた。

香炉のことはあれこれといい逃れた伝五郎であったが、半左衛門殺しについては口を箝《かん》した。

沈黙は認めたのも同じと解せられる。そこで目付が、

「盗みは斬罪だが、意趣あって人を討ったときは切腹。盗っ人の汚名を着て斬に処せられ

るか、それとも切腹してせめてもの面目を保つか、そのほうも武士ならば選ぶ道はおのずと明らかなはず」

そう詰め寄ると、伝五郎ももはや逃げられぬとあきらめたのか、ついに半左衛門闇討ちを認めた。

その伝五郎の供述による半左衛門殺しとはこうだ。

文政元年七月末日の暮れ六ッ（六時）あたり。窓に背を向けていた半左衛門を窓越しに刺し、刀の血糊《ちのり》を拭うた紙をふところに、昌平橋からお堀に架かる常盤《ときわ》橋まで走り、ふところの紙を堀に投げ入れ、さらに南に走って、日本橋川沿いに永代橋まで逃げた。永代橋の下で血刀を洗い、橋を東に渡って富久町まで帰った。

そう供述したという。

だから腰の物を取り上げ、下屋敷内の牢《ろう》に入れているが、明日、引き出して仕舞いをつけさせることにきまった。

「そこでだ」

目付は急に態度をあらためて、

「そのほうらの願いはかなわぬことになった。ただし、切腹人には介錯人がいる。その介錯人と介添え人をそのほうら二人に申し付けることにした。一人は切腹場にはいって太刀を振るい、一人は介添え役として幕外に控える。これが両名の仇討ち訴願に対する当家の扱いだが、どうかね」

目付はそういった。

目付の添え役もうなずいている。

つまり伝五郎の首を刎ねることで、故主の無念を霽らさせようという藩邸の裁量である。思いがけぬ展開に孫三郎、左門ともにとまどったが、それはそれで敵討ちにならぬこともなかろう。

「仰《おお》せ承《うけたまわ》りました」

二人は礼を言上して、いったん姫路屋敷から退去した。だが、胸に去来する思いは千々《ちぢ》である。

「一杯やろうではないか」

千々と乱れる胸の思いに抗しかねて孫三郎が誘うと、左門も、

「待ってました」

とばかりにうなずいた。

二人は通りすがりの一膳《いちぜん》めし屋にはいった。はいって、「さて」と向かい合うなり、

「驚いた」

という声を二人同時に立てた。

「驚いた。しかしそれも一法ではあろう。わしはこの後お田鶴どのを訪ねて戸田さんの腰の物を借り受け、明日はそれで伝五郎の首を打とうと思う。どうかね」

孫三郎がそういうと、左門は、

「よかろう。わしはそれなら介添えに廻る」

と、目をしばたたかせつつ、うなずいた。

二人、何度も何度も盃を重ねた。

当然、酔いもくる。

「それにしても」

酔いのきた目で孫三郎は左門を見た。

「いつぞやおのしはいうたが、お互い人に狙われる身なのに、わがことはさて措いて人の敵を討つことになろうとはね、いったいどこでことを取り違えたのだろうな」

いいつつ、孫三郎は左門の猪口《ちょこ》に酒を満たした。

「なぁに、二人とも上がるべき棚を間違えたのさ、孫さん。わしらもともと違い棚の下段にいて当然なのに、ひょんなことから上段に上がってしまった。運命の分かれ目はそこだが、それをいってもうはじまらん。ところで孫さん、あんた、明日から先、どうするつもりかね」

左門も酒を注《つ》ぎ返した。

「そこだ」

孫三郎は首をかしげて、

「どうも江戸の外に逃げるしか手はないようだね」

そういうと、左門も、

「わしも同じことを考えている。とすると二人、これっきり会えぬことになろうが、わし、あんたが百次郎とかいうやつに討たれぬよう、どこぞそのへんの神仏にでも願を掛けておくわ」

という。

「そういうこと。わしもおぬしが晋太郎とやらに一太刀浴びぬよう、そこらの稲荷に祈りを捧げておこう」

二人、目と目を合わせてうなずきあい、盃の縁も合わせて、お互い、それを一気に呷《あお》った。

これで二人ながらにどこぞの国で、浮世の塵《ちり》に埋もれて鼹鼠《もぐら》同然の日を送ることになろう。

へんな人生もあるにはあるもの。

その思いが孫三郎の胸に雲が流れるように流れて過ぎた。雲といえば時雨気味の空はあいかわらずの渋面で、雲の屑《くず》一つ、そこにはなかった。

# 又敵始末《またがたき》

# 1

高須道というのを、堀喜十郎は西に向いて急いでいた。

寛延三年（一七五〇）秋十月。

その十月半ばのこの日も、はや陽は西に傾きかかっている。

尾張の清洲と、美濃国高須間五里、それをほぼ直線に結ぶ道が高須往来だが、この往来、途中で木曾川を向こうに渡らなければならない。

渡しの舟が動くのは日の出から日没まで。それに乗りそびれると、どこぞでまた余分な泊まりを重ねなければならない。

喜十郎は笠《かさ》の縁を上げて、行く手を見た。

行く手も手前も、どっちを向いても冬ざれの暗い眺めしかないが、見れば道の向こうから二人づれの男がきかかっている。

どうやら土地の人間らしい。

「こなたがたは渡しでこられたのかね」

お互い、接近しあったところで、喜十郎は声をかけてみた。

木曾川と長良川《ながら》はここでは一つの流れになっていて、川幅は十四、五丁もあろうか。渡しは対岸の秋江を出て、こちら岸の給夫《きゅうぶ》に着く。それで渡ってこられたのかと、聞いたのだ。

「さようで……」

二人は足を停めた。

「給夫というのはもそっと先なのかね」

重ねて喜十郎がたずねると、

「なに、あと一丁かそこらのものですよ」

聞かれた二人は答えた。

あと一丁かそこらで給夫なら、向こうからきた渡し舟はまだ給夫にとどまっているかもしれないし、うまくしたらそれに乗ることができるかもしれない。しかし、渡しに乗ってしまうと、ついでに廻ってみようかと思っている神明津《しんみようづ》へは行けないことになる。

「神明津は遠いんだろうね」

もう一つ、喜十郎は聞いてみた。

「佐屋《さや》川というのがございましてね、それを向こうに渡ったところが神明津でございますよ」

二人はそういうと、ともに北のほうを指差した。

喜十郎は指差された先の空を見た。

佐屋川は木曾川に枝分かれした流れらしい。木曾川を離れ、木曾川に沿うて下って、末でまた木曾川に合わさる。ここらにはそのような細流がやたらとあって、佐屋川はそれらの兄貴分らしいが、それを渡っていては陽のあるうちには高須にははいれない。

「またのことだな」

と、喜十郎はひとりごとをいったが、喜十郎が神明津というところを見たいと思ったのには、実はわけがあった。

延享《えんきょう》三年（一七四六）といえばもう四年も前のことになるのだが、その年の秋、喜十郎とは父方の従兄弟《いとこ》に当たる堀靱負《ゆぎえ》というのが、神明津河原で実兄堀伝兵衛の敵《かたき》、猪俣《いのまた》三太夫というのを仕留めたのだ。

仕留めたのは佐屋川の砂洲の上であったという。

その現場を一目見ておこうと思ったのだが、廻り道をして日を暮らしたのではどうにもなるまい。

佐屋川で敵を仕留めたとき靱負は二十三歳。

靱負に討たれた猪俣三太夫は二十四。そして喜十郎は従兄弟靱負と同年の二十三であったが、従兄弟の一人が斬られ、その仇《あだ》を弟が討ったことについては、喜十郎ははじめは自分には遠い世界の出来事としか見ていなかった。しかるに、なんのかかわりもないと見ていた従兄弟一家の御難が、にわかに向きを変えて喜十郎に襲いかかってきたのだ。というのも、兄の敵を討ったはずの靭負が、討った相手の弟で猪俣新平という十八歳の少年に、又敵《またがたき》として討たれてしまったからだ。

それは寛延二年、すなわち去年のことである。

又敵は掟《おきて》として停止《ちょうじ》されている。

人に殺された場合、その卑属にかぎって仇を討ち返すことができる。

しかし重敵は厳禁とされている。

討たれたから討って返す。それが仇討ちだが、討った相手をまた討ち返していては、いつまでたっても落着《らくちゃく》をみないことになる。だからこそ差し止めているのだが、新平はその禁を破って、又敵をあえてした。

靭負が新平に討たれたのは、東海道は石部《いしべ》の宿外れであったが、それから一年たった昨今、美濃高須に住む新平の実母と新平が、互いに接触を保っていることがわかってき、それがあっての喜十郎の高須入りということになったのだ。

ところでその高須だが、これは松平中務大輔《なかつかさたいふ》の所領で城もそこにあるそうだが、聞いたところでは高須ははなはだしい低湿の土地であるという。地表の高さが木曾川の水面すれすれほどしかなく、ためにいたるところに水溜まりができる。その水溜まりに土を着せて、それに稲の作付けをするようなところだと、江戸を出るとき喜十郎は、人にそのように教えられている。

そこをめざしているのだが、その前に神明津をと思っていた。しかし、陽の高さからして神明津廻りは無理であろう。

二人づれが後方に消え、喜十郎が神明津入りをあきらめたとき、にわかに行く手方向で鐘《かね》が鳴りはじめた。近くに寺でもがあって、そこの鐘が出舟の合図として使われているのかもしれない。

喜十郎は足を早めた。

道が途絶えて目の先に水の流れがひろがった。

これが木曾あたりからきた流れであろう。

岸に茶見世《みせ》が一軒あって、その先に帆を垂らした渡し舟が舫《もや》われている。けど、渡し守りらしい者の姿はない。おおかた、いま鐘を撞《つ》いているのがその船頭であろう。

客らしい者の姿も見当たらない。

ということは喜十郎一人の借り切りかと思われたが、そういうわけにはいかず、岸の茶見世から二人づれの武家が出てきて、二人とも舟に乗ろうとする。

こう見たところあるじとその供の者らしく、供のほうはもういい年だが、あるじは若い。二十《はた》前後かと喜十郎は見たが、笠が邪魔で顔の相まではわからない。

やがて船頭が帰ってきて、舟を出した。

舟は丈《たけ》が二間ばかりもあるか。それの胴の間に主従は腰を下ろし、それと帆柱を挟んで向かい合うかたちで喜十郎は陣どった。

川面《かわも》は淼漫《びょうまん》の水だ。

それに目を落としたり、北東の空遠い木曾の御嶽《おんたけ》をのぞんだりしているうち、ふと、同乗の若者が笠を取っているのに喜十郎は気づいた。

気づくなり喜十郎の胸は高鳴った。

どうも茶見世から出てくるのを見たときから、その若さといい、高須に近い場所といい、もしかしたらと気にはしていた。しかし、まさかと思いなおしてはいた。禁を破って又敵をあえてした乱暴者である。それが母親のいる里近くに白昼堂々と姿を見せたりすることなど、よもあるまい。

人違いであろう。

そう、きめていたのだ。

ところが笠を取ったその顔を見ると、喜十郎がかねて聞かされていた猪俣新平にそっくりそのままではないか。

年の頃もそうなら、細造りの面貌も新平に瓜《うり》二つなのだ。

「こやつだ」

喜十郎は即座にそうと断じたが、それにしてもなんというめぐりあわせであろうか。まず高須に行き、新平の生母に会って新平の所在を問い質《ただ》す。そのつもりでここまできたら、母親に会うまでもなしに当の本人にいきなり出会ってしまったのだ。

喜十郎は名乗りをかけようかと迷ったが、水の上でもあるしするので、

「卒爾《そつじ》ながら……」

と、やんわりと問いかけてみた。

せめて確認だけでもと思ったのだ。

若者の切れ長の目が喜十郎にきた。

不敵な眼差《まなざ》しである。

「お手前は新平どのではござらんかな」

だが、若者は答えない。びくりとはしたようであったが、利《き》かん気の目で喜十郎を睨《にら》んだだけだ。

あわてたのは若者よりもむしろ供の老人で、これは「あっ」とばかりに腰を浮かせたが、若者はそれを手で制して、

「誰ぞ、おのれは」

と、いまにも斬りかかりかねないほどのけわしい口で聞く。

やはりこやつであったのだ。

「堀靫負といえばわかるか。わしは靫負とは縁つづきの者で同苗《どうみよう》喜十郎。おぬしを捜して高須に行こうとしていたところだ」

包むところなく喜十郎がいうと、

「なに……」

と若者は、柄袋《つかぶくろ》のかかった腰の物にさっと手を走らせた。

素早い手の動きだった。

## 2

喜十郎をふくむ堀一族は伊勢国鈴鹿《すずか》郡亀山村の出である。

東海道の宿駅の一つでもあり、いまは六万石石川主殿頭《とのものかみ》の領邑《りようゆう》でもある亀山はなだら

かな丘陵に被《おお》われた鄙《ひな》の里だ。

桑名へ八里余といったところか。

そこを故山とする堀一族ではあったが、本家分家ともにそこを出て、本家の堀は亀山の隣りの神戸《かんべ》に移り、そこで神戸城主本多伊予守に勤仕し、また分家のほうの堀は亀山から五里北の菰野《こもの》に出て、これも菰野藩主土方河内守《ひじかたかわちのかみ》の家来になっていた。

本家分家とも近年は男の子が二人ずつしか生まれていないが、本家堀の男二人のうち、上の伝兵衛というのが五年前の延享二年に人に斬られて死んだ当人である。

そのとき伝兵衛は年齢三十一。主家から十五石をいただき、妻のさよを国許に残したまま、神田橋御門外の、本多家江戸屋敷に詰めていた。

さよは同家中小栗平左衛門という者の末娘で、延享二年の年で二十二。二年前に伝兵衛と夫婦になったのだが、子にはまだ恵まれていない。

伝兵衛の下が覲負で、これも江戸に出て、裏神保《じんぼう》小路に屋敷を持つ旗本某の若党勤めをしていた。

旗本某家と本多の屋敷はそうは離れていない。まず八、九丁ぐらいのものか。

そういう近いところにご本家の兄弟はいるらしいし、そうと喜十郎も聞いて知ってはいたが、本、分家といっても代を重ねるごとに疎遠となりがちで、そういうことらしいという程度にしか、喜十郎は本家の様子を摑《つか》んではいなかった。

先方もまた同程度にしか喜十郎の消息は知らないであろうが、喜十郎も実父が菰野藩の禄《ろく》を食《は》んでいた縁から、父と同じあるじに仕え、十二石という、雀《すずめ》の涙ほどのお手当てをいただいて、江戸勤番を仰《おお》せ付かっていた。

喜十郎には兄がいるのだが、その兄はずっと在藩で、たまにあるじ河内守の供廻りとして江戸に出てくるが、きてもだいたいが立ち帰り組で、あるじが愛宕《あたご》下藪《やぶ》小路の藩邸にはいると、そのまままた帰って行く。したがって喜十郎は、ここ何年も兄の顔を見たことがない。

実の兄とのあいだでさえそうだから、まして従兄弟ともなると、同じ江戸にいるといってもめったなことでは会わない。会いはしないが風の便りとやらでおぼろではあるが本家の様子には通じていた。ところがそのような通り一遍の往来の中から喜十郎は本家の大変を知ることになる。従兄弟の伝兵衛が人に斬られて死んだという知らせが、それだ。

喜十郎はわが耳を疑った。

斬った斬られたは、ふだんに長い刃物を腰にしている武家社会のこと、そう珍しいことでもなかったが、それにしてもそのような血腥《ちなまぐさ》い事件が自分の一族中に起きようとは、ちょっと想像もしていなかったことだったからだ。

だが、伝兵衛はやはり非業《ひごう》の死を遂げたらしい。

伝兵衛の死を伝えてくれた知人に、喜十郎は聞いてみた。

「どこで、だ」

「高輪《たかなわ》だとか」

その知人はそういったが、後にわかったところでは、伝兵衛の死とはこういうことであったようだ。

延享二年七月。伝兵衛は命を受けて伊予守の高輪屋敷に出向いた。

高輪台の二本榎《にほんえのき》から海のほうに下りる桂《かつら》坂というのがある、六丁もつづく長い坂だとかだが、それをあらかた下ったあたりに伊予守の下屋敷はあった。四千坪からの広さを持ち、ここにも御殿をはじめとし、侍長屋、蔵、廏《うまや》などが並んでいて、屋敷神として天神、稲荷《いなり》などの諸神を勧請《かんじょう》した社《やしろ》も建立《こんりゅう》されている。その社の一つを改修するとてその時分、伊予守の国元から大工などを呼び寄せていた。

伝兵衛はこの作事方見廻りをいいつかり、三泊の予定で下屋敷に出向いたものだ。

ただし伝兵衛一人だけではなかった。同役として猪俣三太夫という者も同行していた。

しかるに、下屋敷に出向いたその日の夜に、伝兵衛の姿が屋敷から消えてしまったというのだ。

大名屋敷の門限は明け六ツ（六時）から暮六ツまで。これ以外の時間はたとえ家臣といえども門番所にことわりをいって出入りしなければならない。なのに伝兵衛はその門番所も通らずに外に出ている。ということは脱け出たということになるのであろうが、大名屋敷といっても上屋敷ならいざ知らず、下屋敷なんてところはいささかふしだらで、どうかすると正体不明の輩《やから》が大きな顔をして住みついていたりして、放縦《ほうしょう》もいいところ。夜間の外出だってその気になればできぬことはないのだ。

伝兵衛もその手でひそかに外に出たのであろうが、出てもかならず帰るし、帰らなきゃあならない。なのに伝兵衛は帰らず、翌日の朝になって、死体となって転がっているところを発見されたのだ。

伝兵衛が死んでいたのは東禅寺横の、洞《ほら》という谷奥の窪地《くぼち》の中だった。

東禅寺は禅宗江戸四ヶ寺の一つで、妙心寺派の名刹《めいさつ》として知られているが、それの総門は東海道に向いて口を開き、それから長い参道が本堂に向かっている。この参道を途中で右に折れると、その道は伊予守の高輪屋敷に行き着き、左に折れると、折れたところから洞という名の坂になる。それを上がってまた下がると、下がりきったあたりが谷奥といわれる暗く淋しい窪地だが、伝兵衛はそこで死んでいたというのだ。

死因は他力による刺創。脾腹《ひばら》を抉《えぐ》られ、かつ、心の臓を一刺しされていた。

屋敷では遺骸を引き取る一方、下手人の詮議《せんぎ》に取りかかったが、ほどなく同役であった猪俣三太夫をそれと見た。

三太夫を容疑者と睨んだについては一つ二つの理由があった。

まず、当夜伝兵衛の身近にいた者は三太夫しかいないという点。もう一つは伝兵衛と三太夫のあいだにはかねてから一つのいさかいがあったということ。

この二つで、だった。

いさかいというのはしかし些細《ささい》なことだった。

半月ばかし前の六月中旬。上屋敷表長屋内の役方部屋で、伝兵衛は何者かに後ろ首のあたりをポンと打たれた。振り向いてみるとそこには扇子片手の三太夫がいて、にやにやしながら腰を下ろそうとしている。

三太夫としてはたわむれの一打ちであったかもしれないが、伝兵衛はそうとはとらなかった。で、自分も前帯に差していた扇子を抜いて取ると、それで三太夫の面《おもて》をしたたかに打ち返した。

いざこざといってもそれだけのもの。

周りには人もいたりしたので、二人ともそれ以上のものとはしなかったが、うわさは立った。三太夫はきつく面を打ち返されたにもかかわらず、気後れしたか、なにもなし得なかった。醜態である。そういうものだった。

　このうわさがまだ消えやらぬうちの、伝兵衛の横死である。

　だが、疑いをかけられた三太夫は事情を聴く屋敷目付に対して、

「なにも存ぜん。夜前《やぜん》われわれは寝所をべつにした。したがって堀の身の上になにがあったのか、それがしはいっこうに知り申さん」

　と、そういい張った。

「それならば念のために腰の物を見せていただこう」

　目付としてはそういわなくてはならぬところだったが、それは控えた。そこまでの疑いがあったというわけでもなかったからだが、しかし、堀伝兵衛殺しはやはり猪俣三太夫の仕業であった。

　たわむれに扇子で打ち、打ち返されたのを遺恨に思ううち、たまたま両人だけの高輪屋敷行きとなった。これを好機と捉《とら》えた三太夫は口実を設けて伝兵衛を誘い出し、隙《すき》を衝《つ》いて殺害した。

　と、三太夫が自白したわけではないが、目付に事情を聴かれた三太夫はその日のうちに逐電し、いわぬはいうにいや勝《まさ》るという、いかにも愚かな白状の仕方をしてしまったからだ。

本家堀では早速にも伝兵衛の仇を報ずることにしたが、未亡人となったさよではいかにもこころもとない。そこで伝兵衛の弟靫負が旗本奉公をやめて仇討ちの途につくこととした。

それが延享二年秋のこと。

と知った堀一族は触れを廻して醵金《きょきん》を募《つの》り、それで靫負を扶《たす》けることとした。喜十郎とて例外ではなかった。ふだんの疎遠は疎遠、こういうことになるとそこは血族、捨てては置けずと喜十郎も相応のものを出し、靫負の壮途を祝ったものだ。

3

一口に敵討ちというが、敵討ちなどそう安直にできるものではなかろう。安直にできるくらいなら暗殺ということそのものが、もそっと数を減ずるに違いない。

これは靫負の場合にも当て嵌《は》まる。

奉公先に暇を取って三太夫追討の旅に出たが、この時代の日本は広い。

その上、敵と狙《ねら》われる三太夫も知恵を絞って韜晦《とうかい》をこころみようから、なまなかなことでは見つけ出すことはできない。それでも探し出さなければならぬから、大変だ。

「たぶん駄目であろう」

　と喜十郎は見ていた。

　喜十郎の見方は血族一統の見方でもある。

　敵は結局は逃げ果《おお》してしまい、探すほうも探しあぐねて、これもおのれを知る人の前からいずれ姿を消し、そのうちに消息も聞かれなくなるだろう。そして、そうこうするうち人の代は変わって、敵討ちそのものも歳月の塵《ちり》となって雲散霧消してしまうに違いない。

　おそらくそういうことになるであろうと見ていたのだが、喜十郎のこの想像はみごとにはずれた。

　仇討ちの旅に出て一年目の秋に、靫負は三太夫とめぐりあい、これをみごと討ち果したというのである。

　これも風の便りとして、喜十郎の耳にはいった。

「まことか」

　喜十郎は驚いたが、それならそれで快挙の詳報を得ようとあちこち問い合わしたりしているうちに、ようやく仇討ちの子細が喜十郎の耳にも届いた。

　それはこういう次第であったらしい。

　はじめ靫負は江戸市中に三太夫の姿を求めたらしい。三太夫の知己《ちき》、それから日常三太夫と接触を持っていた者、そういう人間を洗い出してその者らに近づいたり、張り込みをつづけたりしたが、どう努力してみても江戸で三太夫を見つけることはできなかった。ならば郷里の神戸のあたりはどうかと、そっちにも足を運んでみたが、そこでも思わしい情報は得られない。

そうこうするうち延享は三年と改まって、それもはや九月ともなった頃、靫負は再度の美濃路、伊勢路入りをはかった。

こんどはまず木曾川下流の高須を探ってみようと、思い立ったのだ。

高須は水郷として知られているが、そこには、三太夫には継母に当たるとせという女が住んでいると、知ったからだ。

靫負は中山道《なかせん》を西し、垂井《たるい》の駅から美濃道を清洲に下った。

垂井、清洲間はざっと十里。清洲からは高須に向いて高須往来というのが通っている。

靫負はそれをずっと歩いて、高須に近い藤ヶ瀬という小村にはいった。

そのときには秋の日はもう暮れかけていた。

藤ヶ瀬には尾張藩の代官所があって、近隣百五十ヶ村ばかりを統《す》べているそうだが、その代官所に近いところに一つの渡船場がある。佐屋という、幅三十間ばかりの流れを渡って、対岸の神明津に行く舟の渡し場だ。

渡しは日没後は閉ざされるからと、河原伝いの道を靫負が急いでいると、横合いの小径《こみち》からふいに、浪人らしい二人づれが出てきた。

これも渡しの客、つまり道づれであろうと、あわや靫負は声をかけそうになったが、出しかけた声を靫負は口許で凍らせてしまった。

二人のうちの一人がまぎれもなく猪俣三太夫であったからだ。

年齢、からだつき、人相、それがいかさま三太夫に似ているのだ。

相手のほうも気配で悟ったか、表情をこわばらせて立ち竦《すく》んだ。

靫負と伝兵衛は実の弟と兄。面貌が似通っていたことは靫負も承知している。三太夫もそうと見てとったに違いない。

「おのれは」

カン高い声で靫負は名乗りをかけ、手早く旅装を解いて、

「三太夫であろうが」

といった。

いったときにははや片手を刀の柄にかけていた。

日没直前の渡船場だった。あたりははや薄暗く、暮れた色の蘆荻《ろてき》が騒ぎ、足許もいまは鼠《ねずみ》色であったが、ここで出会ったが百年目だった。暗いの暗くないのはいってておれない。

「なんだ、こいつは」

三太夫のつれの浪人が肩をそびやかして、靫負を威嚇《いかく》する。なにも事情を知らぬらしいから致し方もなかろうが、

「敵討ちだとよ」

投げ捨てるように、あえて自虐してみせた三太夫の言を聞いて、浪人はこんどは腰を抜かしそうになった。

「こなたは敵持つ身か」

驚いて浪人はいったが、いったときにはもう逃げ腰になっていた。だが靫負は浪人には目もくれずに、

「覚えがあろう。伝兵衛の弟の靫負だ。抜け」

そう名乗りを上げたが、そのときにはつれの浪人は三太夫を見捨て、流れに向けて走っていた。敵討ちなんぞにかかわるのは愚と、そう見て逃げたのかもしれない。

三太夫はしかしさすがに踏みとどまった。

切羽詰まった場面だった。

斬るか斬られるか、ここは運を天に任すしかあるまい。

そうと三太夫も覚悟したのであろう、鞘《さや》鳴りをさせて光る物を抜いたが、抜くよりも早

く二つになれと、斬ってかかってきた。それをどう躱《かわ》したか靫負には覚えがない。暗さは暗く、足許はわるしで、お互いが刃物を振り回し、縺《もつ》れ合っているうちに、靫負の薙《な》いだ刃先が相手のどこかに当たった。どこを、どう薙いだのか靫負にはわからなかったが、そのとき、

「こい、舟だ」

という、さっきの浪人のどら声がし、と聞いた三太夫はいきなり走りはじめた。背をまるめてかっ走る。

「待て」

靫負は追った。

暗い岸に、見れば平田《ひらた》舟らしいのが浮いていて、水竿《みざお》を持ったさっきの浪人がそれにいる。

むろん船頭なんかいない。

三太夫がそれへ転がり込み、と見た浪人は得たりとばかり舟を岸から突き離そうとする。

そうはさせじと靫負も岸を飛んで、舟に転がり込んだ。転がり入るなり、

「おのれ」

と三太夫に向けて刃を薙いだが、その刀は浪人の水竿にはばまれて、空を斬った。

しかし浪人の妨害もそれまでだった。靫負の血相に恐れをなしたのか、浪人は棹ごと水に身を躍らせた。

舟はひとりでに流れに乗る。

浪人につづいて三太夫も水に逃れるべく背を見せたが、その背へ靫負はもう一度袈裟《けさ》をかけた。だが、これも浅かった。浅いばかりではなしにこの一撃がかえって三太夫を立ち直らせたとみえ、三太夫は凄《すご》い形相で逆襲してきた。

舟は長さ二間ばかり、肩で九尺あるかなしの小さなもの。それに足許には水淦《みずあか》が溜まっている。それに足を取られ、滑って、二人とも流れに落ちた。

底は砂地。

しかし水は浅い。

二人は縺れて河原に這《は》い上がった。

藤ヶ瀬対岸の神明津河原だが、そこでようようにして結着を見た。

河原の小石につまずいてつんのめった三太夫の背を、靫負の刃が突き貫いたからだ。

刃は三太夫の背の正中《せいちゅう》にはいって、切っ先は左乳の下から外に突き出ていた。

三太夫は瘧《おこり》慄《ぶる》いのように四肢を震わせたが、しばらくしてこと切れた。

ついに靫負は敵を仕留めたのだ。

それが延享三年秋九月のこと。

神明津の佐屋川土手には、腋《わき》に白い玉をつけた数珠玉《じゅずだま》が黍《きび》のように並んで枯れ、その上を暗く、寒い風が物哀しい感じで渡っていた。

靫負は痴呆《ちほう》になった目で、しばらくその風景を眺めていた。

と、後に靫負はそう語っている。

4

敵討ちの事後処理がすみ、靫負が江戸に帰ってきたのはその年の十一月だったが、帰るなり亡兄の主君本多伊予守に召され、亡き兄に代わって堀家の家禄を継ぎ、江戸屋敷に詰めるよう要請され、拝受した。

伊予守の家臣になれたこともめでたいし、それよりもなによりも、みごとに仇を報じたということのほうがさらにめでたい。ということで堀一族中、江戸にいる者らが寄り合って一夕、靫負の労を多とすることとして、向こう両国の料理茶屋に集《つど》った。

一族のうち江戸にいる者といったってせいぜい十人の余に過ぎないが、その十人ばかりの数の中に喜十郎も加わっていた。

このお祝いの音頭をとったのは、本分家を通してもっとも高齢の堀文庵というやかましいおやじだった。

文庵は六十いくつ。もとは孫左衛門といって、神戸藩江戸屋敷の用人であったが、いまは隠居料をいただいて悠々自適の身の上。靫負にも喜十郎にも大叔父に当たっていて、一族内では睨みが利いている。

祝宴はうちとけた、ずいぶんとにぎやかなものになったが、その席で喜十郎は実に十年ぶりといってもいいぐらい疎遠の靫負と、ようようにしてことばを交わした。

お互い、もういいおとなではないか。

「いつ会ったのがしまいだったのかな」

喜十郎は靫負にいった。

二人は同年である。

「そうさな、いつであったか」

靫負も首をかしげた。

さほどに、二人ながらに、お互いのことは頓着《とんちゃく》していなかったことになる。

「いずれにしても、こんな頃のことであったのだろう」

手で、身の丈のほどの高さを喜十郎は示した。子供の頃のことであろうと、いったのだ。

「まあ、な」

靫負は答えた。

その靫負だが、こう見ると骨っ節こそいくらかありそうだが、からだつきそのものは繊細なほうだ。

これでよくもああまで戦えたものだ。

喜十郎は感心した。

敵を仕留めた一くさりはすでに聞いている。

それを聞いた上での喜十郎の感想だった。

「怪我はどうじゃ、もうよほどよいのか」

文庵老が口を挟む。

靫負は三太夫との斬り合いで数ヶ所の切り傷を負い、指も、右手のそれを一本切り落とされている。

「はあ、もうすっかり癒《い》えました」

靫負は文庵の問いにそう答えたが、そこで喜十郎に目を向けて、

「あんたほどに遣《つか》えたら怪我などしなくてすんだろうに。おれはひ弱で、だめだ」

といった。

喜十郎は長年新陰流《しんかげ》の道場に通っている。

靫負はそれをいったのであろうが、いわれて喜十郎は赤面した。

きょうび剣術バカははやらない。

げんに喜十郎はこれというお女中の一人も知らないし、だからこそであろうが、いまだに独り身でいて、いかにも淋しい思いをしている。だが、だからといって、打ち込んできた棒振りをやめる気にもなれない、つまりどっちつかずの日々。だからこその赤面であったのだが、会の席は弾んで、やがてそのやりとりは思いがけぬ方向に向かった。

いまは未亡人となっている伝兵衛の妻さよの身の上について、だ。

さよはいまは神戸三の丸の父の屋敷に身を寄せているが、それをそのままにしておくのはかわいそう。

「なんなら……」

と、思いがけぬ方向に会合の舵《かじ》を切ったのは文庵老だった。

「どうであろう靫負よ、めでたついでにおさよを嫂《あによめ》直しとして、もう一つおめでたを重ね、われらを喜ばせてくれるというのは」

といい出したのだ。

靫負とさよは同い年だし、それにさよは縹緻《きりょう》よしときている。もしおまえに異存がないならこういうことは年寄りの役目、なんなら一肌脱いでもよいぞと、文庵老人はそうもいったのだ。

「ハア」

いわれた靫負は赤くなって、首筋を撫《な》でた。

その仕草からまんざらでもないげだと、一族の者は見てとった。

「このはなし、あるいはできるかも」

と、喜十郎も微笑の目で照れる従兄弟を見たが、あるいはなるかと見えた娚直しはやはり実りを見ないことになった。

はなしは調《ととの》い、いずれ靫負が在藩にでもなったときに祝言《しゅうげん》をと、そこまで進んでいたのに、祝言を前にして当の本人の靫負が殺されてしまったからだ。

兄の敵を討って三年たった寛延二年に、靫負は藩命を帯びて京に上った。

京の四条だかに本多家の京屋敷があり、そこで京屋敷出入りの掛け屋と、江戸重役の一人が用談を持つことになり、靫負がその重役の供をして京まで上ることになったのだ。

掛け屋とは御用商人で、この頃のそれは大坂天満《てんま》に店を構える米穀商であったという。

上京する重役は京で数泊するが、靫負のほうはそうではない。重役を京屋敷に送り届けたらその足で帰府するよう、いいつかっていた。

だから軺負は京で折り返し、復路の第一夜は石部宿の泊まりとした。大黒屋孫右衛門というのが第一夜の泊まり先であったとか。

復路第二日目は明け六ツ時分に宿を発ち、東の見付をめざした。

大黒屋から東の見付までは二丁ばかしのものか。通りの両側はずっと旅籠《はたご》つづきで、それに髪結《かみゆい》床だとか煮売り屋だとかが混じっている。

見付の外はもう田畑。それを掻《か》き分けるようにして少し行くと白地《はくち》という川に行き当り、川を越すと柑子袋《こうじぶくろ》という村になる。柑子袋村も石部村もともに膳所《ぜぜ》藩領だが、軺負はその柑子袋村にはいったばかりのところで、何者かに斬られて死んでいた。

白地川の川床に顔面の左半分を埋め、刃毀《はこぼ》れのある抜き身を右手に握っていた。

傷はいくつかあったが、致命傷は左頸《さけい》部深くはいった一刀。

それが変わり果てた軺負の姿であったというが、それを神戸藩江戸屋敷に知らせてくれたのは、膳所藩主本多下総《しもうさ》守康桓《やすたけ》であった。

康桓は軺負の主君伊予守忠統《ただむね》の実子。だからこそ巨細《こさい》漏らさず通報してくれたのであろう。軺負らしい武士の遺骸の形態。前夜の泊まり先である大黒屋に於《お》ける動向などだが、膳所藩からの通信には、気になる一事も書き加えられていた。

それは旅宿大黒屋に、軺負のほかに当夜もう一人の武士が泊まり合わせていたという事実である。

　その者は年齢十七、八。前日の暮れ時分、靫負が大黒屋の暖簾《のれん》を分けるのを見届けたかのようにして大黒屋を訪れ、合宿《あいやど》とはならぬような部屋を求めた。そこで大黒屋では二階にある三畳の小間を提供した。

　その夜は靫負もその若い武士も何事もなかった様子で、ともに朝を迎えた。そして六ツ過ぎに靫負のほうは宿を出たのだが、靫負が発ったと知った若い武士はなぜか急にあわて出し、朝食もそこそこに靫負を追うようにして、出て行ったという。

　宿の者の証言ではその若者は背丈いくらいくら、人相はこれこれしかじかとなっていて、それを膳所藩の役どころは聴き取ったとおりに克明に知らせてくれたのだが、それを読んだ神戸藩の者のうち幾人《いくたり》かがハタと膝《ひざ》を打った。書状にある若い武士の人相骨柄が、いかにも三太夫の弟新平に似通っていたからだ。もしその若い武士が新平であるならば、新平は兄が討たれたのを遺恨とし、どこぞの武芸者について剣の手ほどきを受ける一方で、ひそかに靫負をつけ狙っていたに違いない。それを、そうとは靫負は気づかなかったのであろう。だからこそ虚を衝かれたのであろうが、それにしても又敵は武家では法度《はっと》とされているところであり、その禁を破れば破った者は故殺の罪に問われかねない。

　しかし神戸藩がそうと知って手を廻したときには、新平ははや領国から立《た》ち退《の》いていた。

神戸藩主本多伊予守は若年寄という幕閣の顕職にいるが、その力を以《もっ》てしても自領外にいる新平を捕えることはむずかしい。まして所在不明とあってはなおさらで、藩としては手の出しようがなく、残念ながら捨てておくしか手はなかった。

だが、公《おおやけ》の扱いはそれであっても、堀の縁に繋《つな》がる者にとって、新平をそのままにしておくことは恥辱のほかの何物でもない。

どう考えてみても新平は討たなければならないが、討てば又敵の又々敵ということになって、かえって世の指弾を受けることになるだろう。

「こりゃあまさに魚屋の猫だ」

さしもの豪気な文庵老も音《ね》を上げた。魚は目の前にある。しかるに盗むに盗めぬ魚屋の飼い猫、指をくわえるしかないと文庵はいったのだが、そういう文庵に活を入れる者があらわれた。

国許にいたさよの実父平左衛門である。

靫負がやられたと知るなり平左衛門は老いの身に鞭《むち》を加え、あたふたと出府してきて、堀一族と面談したいと申し入れてきた。

この申し入れを受けたのは文庵。

文庵は早速に使いを廻して、ふたたびの一族会議を招集した。

この招集は喜十郎にももちろん届き、喜十郎は自分の支配頭にことわりをいった上で、出かけた。

夜分のことだった。

文庵指定の茶屋に着いてみると、すでに大方は集まっていて、文庵と平左衛門の両人を取り囲んでいた。

喜十郎は平左衛門とは初の対面であったが、見れば平左衛門はとうに六十路《むそじ》を過ぎたであろうような老人だが、それが堀一族を順々に見廻した上で、

「無念ではござらんか、方々《かたがた》」

と、声をふるわせていったのだ。

## 5

十月と暦《こよみ》が改まってから、喜十郎は江戸を発った。

新平が高須かいわいにいるという知らせを受けたからだ。

知らせてきたのは平左衛門だった。

平左衛門には高須に知人がいるとかで、その者に頼んで新平母子の動静を探ってもらっ

ていた。そしたらその者から、このところとせ女の動きがあわただしく、飛脚便のごときものも届き、人の出入りも多いようで、ひょっとしたら新平の仕官口でもできつつあるのではないか。

高須の知人はそういってきたというのだ。

もしその通報が正しいなら、新平は高須の近辺にひそんでいて、母を通して世に出る方策を講じているということになろうか。

平左衛門はそういってきたのだ。

新平を憎む平左衛門の胸の内はなまなかなものではなかった。

それはさんぬるときの会合でも明らかにされている。

娘の婿が殺され、口惜し涙に暮れていたら、婿どのの実弟がきっちりと仇を報じてくれた。それればかりではなしに弟は、連れ合いを無くし、途方に暮れる娘を嫂直しとして迎えてくれるというではないか。

平左衛門にとってこんな嬉しいことはまたとなかったであろう。しかるに二度目の婿どのになるべきはずの靫負までが、またしても猪俣家の者に斬られて死んだ。

嫂直しはこれで宙に浮いたのだ。

平左衛門にとってさよは末娘。いとおしさも一入《ひとしお》のものがあるのであろう。

それだけに新平憎しの思いも痛切なものがあるに違いない。だからこその江戸入りだったのだが、江戸に到着するなり彼は堀の一統を前にして、

「口惜しゅうはござらんか、ご一統」

と、いまにも火を噴きそうな激越の一言を吐いたのだ。

平左衛門出府の目的ははっきりしている。

新平をこのまま捨て置いたのでは堀の一分《いちぶん》が立つまいと、堀の血に繋がる者をなじり、そそのかすために出てきたのだ。

「伝兵衛の敵を靫負が討った。このことはそれで結着を見ておる。しかるにその靫負を新平は討って返した。これを方々は又敵と捉えておられるようだが、なんの又敵なものか、新平の靫負斬りは前の一件とはまったくべつの意趣斬りだ。新平はよこしまを思い靫負を闇討ちした。それだけのことでござるよ。然《さ》あるならわれわれは新平を討ち取って、靫負の無念を晴らさにゃあなるまい。それが道理というものでござろうが、ご一統」

平左衛門はそういって息巻いたが、前の一件と後の一件を切り離してべつべつの事件として捉えるという考え方には、堀一統の理解は得られない。

「どう取り繕《つくろ》うてみたところで新平の又敵は動くまい。それをまた討ったらこんどは又々敵。これははっきりしている」

正論としてそれが出た。が、居並ぶ堀一族としても、このまま手を束《つか》ねているのはいかにも無念。

その点では意志は一致している。

新平を野放しにしておいては猪俣一族の侮《あなど》りを受けようし、世の失笑も買いかねない。

「ここは新平とやらを成敗するしかほかに手はあるまいの」

意見は紛糾したが、縺れた意見をこう集約したのは、やはり文庵老だった。

「成敗というても殺してしまえば角が立つだろうし、また殺すまでもなかろう。やつに生涯の恥と思うほどの傷を与え、われらに意趣のあるところを見せる。それでよかろうではないか」

盗《と》るに盗れぬ魚屋の猫でも、知恵を絞れば盗る手立てもないではなかろう。苦しまぎれの老人の知恵であったが、死なぬ程度の傷をといっても、相手は木偶《でく》でも人形でもない。そうやすやすと斬らしてくれるはずもないし、靫負を仕留めた腕から見ても、相当以上の遣手《つかいて》と見なければなるまい。

へたをしたら一太刀《ひとたち》見舞うどころか、かえって返り討ちに遭《あ》い、逆にこちらの恥を天下に曝《さら》すことにもなりかねない。

「それは無理というもの」

誰の思いも同じとみえ、一座の者のすべてが首を振ったが、首を振りながらも大方の目がなんとなく喜十郎に集中した。

「ひょっとして喜十郎なら」

という期待を籠《こ》めた目だ。

喜十郎が新陰流の剣を遣うということは、一族中知らぬ者はない。

「こなたならどうか」

そういう目を向けてきたのだが、と知って喜十郎はあわてた。

「待ってください」

一族の中にあっては、喜十郎は末座に近い立場だが、末座だからといって、猫の首に鈴を付けるような役を押しつけられるのはかなわない。

喜十郎には喜十郎の人生というものがある。

ここまで剣に打ち込んできたからには、いっそ剣で身を立ててみるか。

漠然とだが喜十郎はそう思っている。

剣で身を立て、ゆくゆくは諸家にも出入りして人脈を広げる、というのもわるい選択ではなかろう。

人の世、上を見てはきりがなかろうし、下もまたそうであろう。ならば、せめて分相応を目途《めど》として生きるしかなかろう。かねてそう思っていた。なのにいきなり人を斬る役を与えられる、それも殺さぬようにというご注文だ。そんなものを押し付けられてはたまらない。自分の人生は無になってしまうし、それに今回のこの騒ぎは堀本家のもので自分ら分家には直接のかかわりはなにもないはず。

「兎《うさぎ》や鳥を仕留めるのとはわけが違いますぞ。相手も死に物狂い、誰が出向いたとて思うようにはことは運びますまい」

自分に向いた白羽の矢を跳ね返すべく、喜十郎は懸命に弁じ立てたが、一座の意志はなにもきまらなかった最前とは異なり、新平成敗はもう喜十郎の役ときめてかかって、

「返り討ちになるやもしれぬ者を差し向けたとあっては物笑いの種であろうが、おぬしならその心配は無用であろう」

と、しまいには文庵までが同意し、

「おぬしは靫負と同年であるし、それに独り身。おぬしなら世間のそしりを受けることもなかろうではないか。こなたを措《お》いてはほかに適任の者はいぬではないか」

と、断を下すようにいった。

もしかしたら老人ははなっからこの腹案を持っていたのかもしれぬ。

喜十郎は疑った。

もしそうなら、この会合はとんだ茶番。

「おれは堀のいけにえか」

喜十郎はぼやいたが、こういうのがいうところの浮世の義理というやつであろう。

義理はときに人の生死に超越するものがある。そのような教えの中で喜十郎は育ってきている。これ以上とやかく弁じると、

「未練がましい」

と取られかねない。

「めぐりあわせがわるかった」

と、喜十郎はあきらめることとしたが、それでも新平を斬ることだけは避けたかった。

それは新平のためというよりも自分のためでもある。

「堀家の面晴らしができれば、それでよいのでございましょうな」

喜十郎は折れた。

知恵を絞れば斬らずとも目的だけは遂げ得られるかもしれない。

ふと、そう思ったからだった。

「新平に思い知らす。それができるなら、それでよしとせんならんな」

という文庵の首肯《しゅこう》に一同も和した。

喜十郎は内心で吐息をついたが、そういう喜十郎のとまどいにはおかまいなく、一同は急に声高になり、口々に喜十郎を励ましたり、盃を向けてきたりした。

自分が選に漏れたのを喜んでいるのであろうが、喜んでいる人間はいま一人いた。

平左衛門だった。平左衛門はそうときまったことがよほど嬉しいのか、それとも靫負がしようとして果たせなかった娌直しを、こともあろうに喜十郎に求めるつもりか、

「わしは国に帰り、もしちらりとでも新平を見かけたら、すぐさま足下《そっか》にお知らせをする。そのおつもりでどうぞ吉左右《きっそう》を待っていてほしい」

満面を笑わせて、そういった。

そういうと、よろり、よろけながらも座を立って喜十郎のそばにき、

「こと成就《じょうじゅ》のあかつきには、なにを置いてもまず神戸へお廻りいただきたい。お待ち申しておりますぞ」

と、熱い目で喜十郎を見た。

「はあ……」

喜十郎も平左衛門の目を見返した。

見返した喜十郎の目は、平左衛門の目の奥にいるさよという女の姿を見てとっていた。

そのときにはぜひさよにも会っていただきたい。

平左衛門はそういっているのだ。

だが、それは、

「ご辞退つかまつる」

だった。

それどころではないからだが、と知るや知らずや、平左衛門はすこぶるのご機嫌で、江戸からなら百里から上離れた神戸に向けて、また立ち返っていった。

その平左衛門から、新平が近くにいると知らせてきたのだ。

九月下旬のことである。

知らせがあった上はすぐ出向かなければならない。

それが堀一族との約束であったからだ。

喜十郎は藩に暇《いとま》を乞い、許しを受けて江戸を発った。もう、たぶん、二度とは江戸には帰らぬことになるだろう。胸の中にはその思いがひろがっていた。

## 6

舟が秋江の岸に着いたときには、弁柄《べんがら》の雲が一筋西空に横たわっていたが、その弁柄も見る見る色褪《あ》せていって、水辺は紗《しゃ》を被《かぶ》ったような暗い鼠色に包まれてしまった。あっという間の変化だったが、新平の向こう見ずは暮色もなんのそので、

「くるなら、こい」

と仁王《におう》立ちとなり、喜十郎を挑発した。

自分が又敵をしたことは充分に承知しているし、それがよこしまなことであったということも知っている。けど、それでおれを斬るというのならいつでも相手になってやる、ひるんだりなんぞするものか、さあこいというのだ。

喜十郎は二間余の距離を保って、新平と向かい合った。

渡しの船頭ははじめあっけにとられて見ていたが、そのうちにかかわりあいになっては大変と気づいたのか、いつの間にか姿を隠していた。

きょうの渡しはもう打ち切りと知っているから、渡船場にくる人の姿はなく、宵闇迫る河岸《かし》にいるのは喜十郎ら三人だけになっている。

「あわてることはない。はなし合うという手もないではないぞ」

喜十郎は穏やかな口をきいたが、口と胸の思いとはうらはらだった。斬らずとも堀の面晴れはできるのではないか。一応はそう思い、いまもそう願っているのだが、いざ向かい合ってみると、喜十郎はどうやら一人で相撲を取っているみたいだった。

思いのほか新平というのは無鉄砲で、しかも凶暴な性格のようなのだ。

喜十郎は夜の山道で、知性のかけらもない狼《やまいぬ》の群れに出会ったような、いうにいえぬ困惑を覚えた。

「はなし合うことなんかなにもないぞ」

刀の柄を丁々と打ちながら、若い、よく通る声で新平は叫ぶ。

あくまでも刀で結着をつけようというのであろう。

一人斬るも二人斬るも同じ。あるいはそのような捨て鉢な心境にあるのかもしれない。

「はやまるまいぞ、高須はすぐそこではないか、一度高須に立ち帰り母者《ははじゃ》に暇乞いをし、それからあらためて結着をつけるという手もまだ残っておる」

いい聞かせるように喜十郎はいった。

かなうなら血腥い場面は避けたい。

それが喜十郎の本音であったが、がむしゃらが身上らしい新平にはそれがわからないのか、

「チッ」

と舌打ちをし、大きく肩を揺すらせて喜十郎を威嚇したが、喜十郎のいうことは新平には通じずとも、供の老人には通じたとみえ、向かい立つ二人のあいだに転がるように割っ

てはいって、

「お待ちくださいまし、若は近々、西国筋のさる様に抱えられることになっております。お召し抱えいただければ、二度とはこの土地には帰ってまいりません。そのつもりで兄様《あに》ご最期の神明津河原へ永別の線香を上げに行き、いまがその帰りでございます。若がなにをしたかくわしくは存じませんが、この年寄りに免じて、どうぞ穏便なおはからいをしてやってくださいまし。このとおりでございます」

と、何度も頭を下げた。

平左衛門からの通信のとおり、新平は九州あたりのどこぞの大名に仕官することがきまっているのであろう。

供の老人はそれをいい、なんとか喜十郎の情けに縋《すが》ろうとする。だが、年寄りのはからいなどに耳を藉《か》す気もないのか、それとも抜けば勝つとでも信じているのか新平は、

「えい、どけ、邪魔だ」

と老人の領頸《えりくび》を摑んで引き戻し、引き戻すよりも早く、いきなり抜き放った。

それでも喜十郎は冷静な目で新平を見て、

「もう一度いう。又敵の又々敵と果てもなく殺し合うのは愚の骨頂だ。どこぞでそれは打ち止めとしなけりゃあなるまい。打ち止めとするためにはここでおぬしが謝まる。謝まっ

てさえくれればこれまでの悶着《もんちゃく》は帳消しになり、どこのご家中にはいるのかは知らんが、身を固めてお母上にも安心してもらえるであろう。人間としてもそれが利口だし、生きていくためにはその道を選ぶしかないと思う。どうだね、思いきって詫《わ》びをいう気にはなれんかね」

そういった。

「なにを詫びる。おれは兄の敵を討ったまで。詫びる了見なんぞこれから先も持ち合わせておらんわ」

「敵を討つ討たんではないわ。わしがいうておるのは、とめどのない殺し合いをここで打ち止めにしようじゃあないかというておるんだ。どうしても詫びるのがいやだというなら勝負ということになろうが、勝負も一方が斬り、一方が斬られっぱなしではまた恨みが残る。恨みを後に引かぬためにはともに死ぬしかない。しかし相打ちも愚かなこと。そんなことをするぐらいなら、その前におぬしが一言詫びてくれれば、それですべてはまるく納まる。わしはそういうておるのだが、まだわからんかな」

「利いた風《ふう》をいうな。おのれも武士ならまず抜け。つべこべいうのはわしに勝ってからにせい」

新平は顔をゆがめて、咆哮《ほうこう》する。

喜十郎のいうことなんか馬の耳に念仏で、まったく聞こうとはしない。

これではもうなにをいっても無駄であろう。

「若様」

さすがに見かねたのか、老人が新平の袖《そで》を引いたが、新平は取られた袖を振り払い、

「こぬならこっちから行くぞ」

と、一歩二歩、前に出た。

「やむを得ん」

喜十郎もついに腹をくくった。

いくらいっても無駄、そうと見たのだ。口でいわれてわかるぐらいなら、はじめっから
又敵などはやらなかったであろう。

思慮がないといわざるを得ないが、その思慮の乏《とぼ》しさを教えてやっても理解しない。

誰に遠慮するところもなく、自分は自分に忠実に生きるという思い違いの湯に、新平は
どっぷりと浸《つ》かってしまっている。

「後悔するぞ」

喜十郎はいった。

「後悔するのはどっちだ」

負けずに新平もいう。

喜十郎のいった後悔とは新平に与えるであろう傷だ。打ち合えば新平に重傷を与えることはわかっているし、その傷はたぶん新平の一生について廻ることになろう。

そうなってから悔いてもはじまらぬのだが、それもいまの新平には理解の外とみえ、

「となえる念仏はそれだけか」

というと、毛物《けもの》が闘いのときにするように、わらじの足で足許の土を掻きはじめた。

毛物といえば新平の目はもう野獣のそれだ。

「ア……」

という年寄りの悲鳴が上がった。うまくあしらえば斬り合わずともすむものを。老人の悲鳴にはそういう嘆きが混じっているようであったが、もはやどうにもなるまい。

喜十郎も抜き合わした。

抜けばすぐにでも打ってかかってくるであろうと見ていた新平であったが、いざ抜いたとなるとそうも軽率には動けないのか、新平は右廻りにゆっくりと廻りはじめた。

おそらく腕にいささかの覚えありというのであろう。

喜十郎からは仕掛けない。

喜十郎はしばらく呼吸をはかった上で、つと左半身を開いて、誘いともいえぬ誘いをか

けてみた。と、喜十郎の誘いの逆を衝くつもりか、それとも一気に勝敗を決してしまおうとでも考えたのか、新平は豹《ひょう》のように左方に飛び、黒っぽい旋風《つむじ》になって襲いかかってきた。

朦々《もうもう》とした暗い塊《かたまり》だが、暗い朦気の中には鋭利な刃物が隠れている。だが、それを見失うような喜十郎ではなかった。

喜十郎はとっさに身を沈め、沈めながらも右腕を返し、刀の峰を使って新平の右の肘《ひじ》を痛打していた。

年季のはいっている喜十郎の一打だった。

新平の手から刃物が飛び、新平はきりきり舞いをしながらへたり込み、へたり込んだだけではすまないのか、左の手で打ち据《す》えられた右腕を抱え込んだ。

みごとにきまったいまの一打で、新平の右の肘頭はおそらく粉々に砕けているであろうから、彼は終生右の腕を使うことはできないに違いない。

痛みがはなはだしいのか、新平は地上を転げ廻る。

さきほどの高慢はどこへやらだ。

驚き、かつ恐れながらも老僕が新平に駆け寄ったが、駆け寄ったとてこの場でなにができるというものか、だからいわんこっちゃあなかったのだが、傷は重くとも腕そのものを失うこともなかろうし、命にも別状はあるまい。

喜十郎は鍔《つば》を鳴らして、刀身を鞘に納めた。

これで堀家の面目は保たれたことになろうし、喜十郎もまた殺生《せっしょう》をしないですんだことになる。

「手当てを急げば腕まで失うこともなかろう」

喜十郎はそういい残して新平主従に背を向けた。

もうもとに戻る渡しはないから、これから西に一里歩いて高須にはいるしかない。

高須にはこの調子だと、とっぷり暮れてから着くことになり、当然今夜は高須に泊まらなければならないが、問題は夜が明けたあとのことだ。

暗い往還を歩きながら、喜十郎はあしたから以降のことを考えてみた。

剣術で身を立てることも、江戸で知友の輪をひろげることも、新平を懲《こ》らしめたことですべてがゆめまぼろしとなってしまった。

そんな感じだが、しかし、ものは考えようだった。

失ったものこそ寡《すくな》しとしないが、そのかわり、いまいましい堀一族との縁もこれで切れたことになるかもしれない。

それを思うと、いっそせいせいするものさえ覚える。

「ま、どうにかなるだろうよ」

喜十郎は自分にいい聞かせた。

高須から木曾川を舟で下れば、下った先は神戸。神戸では喜十郎の訪れを平左衛門が待ちわびているに違いないが、そこへ行く気など喜十郎にははなっからなかった。

今夜の高須泊まりは致し方がないが、それも明早朝には発って、八風《はっぷう》越えの山街道を行き、中山道の武佐《むさ》にでも出てみるつもりだ。

武佐は京に近い。

京までは十里余りの道であろうか。

だから都合で京に行くのもわるくはない。

うまくしたら京で二度の人生を送ることになろうやもしれないし、そうなればありがたいことと、そんなことを思い思い喜十郎は暗い街道を、明かりの一つもなしに、西に向いて歩いた。

**作者註** 江戸には帰らぬつもりの喜十郎ではあったが、なにかの事情でやはり帰ったとみえて、喜十郎の墓は谷中《やなか》善光寺坂上の某寺にあったと伝えられているが、某寺そのものがいまはなく、したがって、又々敵討ち後の喜十郎の消息はつまびらかなものではない。

レ<sup>かえり</sup>点

# 1

京から西へ五里で芥川宿《あくたがわ》。

宿駅の通りざっと三丁、人家百余。それの東の見付《みつけ》近くに井筒屋という旅籠《はたご》はあった。二階造りの小ぶりなやどだが、それから早川八之丞《はちのじょう》が出てきたのは、寛文十一年（一六七一）九月九日の早朝。

「あやつか」

と小声で半兵衛は脇にいる平次郎に聞いた。

半兵衛、平次郎、それにもう一人、助三郎という少年もいるのだが、八之丞の顔を見知っているのは平次郎だけ。

「ウン、らしい……。いや、まさしく八之丞だ。間違いはない」

うなりに近い声を平次郎は出した。

中田平次郎、四十六歳。

前田半兵衛、二十九歳。

そして松下助三郎十四歳。

いま井筒屋を出た普化僧《ふけそう》が八之丞に間違いないなら、彼は当年とって三十五。物蔭から半兵衛は八之丞の動きを目で追った。かねて聞いていたとおり八之丞は長身だ。五尺五、六寸はあろうか。着衣は鼠木綿《ねずみ》の袷《あわせ》に御納戸《おなんど》色の帯。脛巾《はばき》は白木綿。頭には擂鉢笠《すりばちがさ》。袈裟《けさ》を掛けた胸には袈裟とはべつに、偈箱《げばこ》と三衣《さんえ》袋を下げていて、背には浅葱《あさぎ》の風呂敷包みを負《お》ぶっている。

腰には長目の脇差《わきざし》。

そして白い甲掛けの手には一管の尺八。

そういう姿だが、それは三日前に半兵衛が聞き込んだぼろんじにそっくりの形《なり》恰好だった。

八之丞は西に向かう。

宿内は早発ちの旅人で混み合っているが、八之丞は早い足でそれらを分けて行く。半兵衛らも後を慕う。足かけ四年にわたって探しつづけた敵《かたき》だった。ここで見逃しては四年におよんだ歳月が無駄なものになってしまう。と知るや知らずや、長身の八之丞は旅慣れた足を運んで、芥川宿、西の見付を外に出た。

西見付の先は幅十四、五間の芥川。土手下の流れには船板が並べられている。出水のときには水に潜る仕掛けの沈み橋だ。

土手の斜面には花のすんだ数珠玉《じゅずだま》の茂みがあるが、数珠玉といえば、この日は九並びの重陽《ちょうよう》の節句の当日だ。

八之丞が船板橋を渡った。

この道は西宮《にしのみや》に向かう山崎通りだが、川を渡った八之丞は山崎道を南に折れ、川沿いの野道にはいった。

おそらくそっちにも村落はあり、それへ托鉢《たくはつ》にでも向かおうとしているのであろう。道の左側は畑。右手は後に茶畑に姿を変える雑木の丘。その丘をめぐる麓《ふもと》の道に八之丞の足がはいった。

人の通行はまったくない。

「たしかめる」

といって、ここで平次郎が駆け出した。

この場所こそ仇討《あだ》ちに究竟《くっきょう》と見て、人定確認のために平次郎は走ったのであろう。と知るなり半兵衛は、少年助三郎をかたわらの藪《やぶ》に引き入れた。

助三郎は鎖帷子《くさりかたびら》の上に黒羽二重《はぶたえ》を重ねているが、藪にもぐるなり羽織を捨てて白布を取り出し、それで斜め十字打ち違いの襷《たすき》を掛けた。半兵衛が見るに、助三郎の表情は冴《さ》え、かつ、落ち着いている。

これなら大丈夫であろう。

半兵衛は安心した。

藪から見ていると、八之丞の脇を擦《す》り通った平次郎は八之丞の前面に廻って、

「珍しや八之丞」

と、高らかに呼ばわった。

やはり八之丞に間違いはなかったらしいが、そうと呼ばれた八之丞は擂鉢笠の縁を上げ、

「誰だ、おぬしは」

と咎《とが》める声を出し、それからキッと身構えた。

「誰かはなかろう、ほれ、わしだ」

平次郎はそういうとわが笠を取って、

「十七年前、石州吉永にもいたし、四年前は江戸の赤坂田町にもいた。松下源右衛門のわしは折助《おりすけ》。忘れるはずはあるまい」

ぬっと、首を八之丞に摺《す》り付けるようにして、いった。

と、とたんに八之丞はきびすを返し、いま通った道を駆け戻りはじめた。

逃げる気と見た。

「それっ」

と半兵衛は助三郎に声をかけたが、そのときには助三郎はもう抜刀していて、背をまるめ、藪から躍り出ていた。

八之丞はたたらを踏む。

その顔を半兵衛はじっと見た。

「丈《タケ》高ク顔長キ方、眉濃ク目細シ、左目尻下ニ薄アバタ有リ、鼻高キ方」

というのが、平次郎から聞かされている八之丞の人相だが、なるほど目の前の男は平次郎のいうそれにそっくりだし、この男なら三日前に、半兵衛が人から聞かされた人相にも合致する。

「やはりこやつだったのか」

半兵衛はひとり、合点した。

三日前、半兵衛が八之丞似のぼろんじがいると知ったのは、枚方《ひらかた》から高槻《たかつき》に渡る渡船場の近くだった。

その日、敵探索のため平次郎と半兵衛は京の、因幡堂《いなばどう》突き抜けにある助三郎の母の家を出た。

平次郎は山城《やましろ》のあたりを探り、半兵衛は河内《かわち》まで足をのばしたが、それらしいものはなにも摑《つか》めず、疲れた足を引き摺って枚方まで戻ってきた。

枚方は京街道の宿駅でもあるし、目の前の淀川を上下する三十石船の中継ぎの港でもある。

淀川を横に突っ切る渡しも出ている。

半兵衛はそれで対岸の高槻に渡り、高槻からは山崎通りを戻るつもりで、渡船場のある鍵屋浦《かぎやうら》を目指したのだが、鍵屋浦にはいってみると渡船場のあたりが妙に騒々しい。なにかあったのかと、通りすがりの茶見世《みせ》で聞いてみると、たったいまその見世の前で喧嘩《けんか》があったのだという。

見世の前へ一人の梵論《ぼろ》がきて尺八を吹きはじめた。するとそこへどこぞの中間《ちゅうげん》らしい酔っ払いがきて、

「へち屎《くそ》め、へたな尺八なんぞ聞きとうもない。失《う》せくされ、シッシ」

と、犬を追うように追い払おうとした。

喧嘩の原因はそれらしい。

怒った梵論は手の尺八でいきなり中間の頭をカチ割り、そのまま渡しで高槻へ去っていったのだという。

梵論は後にいう虚無僧《こむそう》のこと。ぼろんじともいう。ぼろんじと聞いて半兵衛はあわてた。八之丞がぼろんじに身をやつしているとは、かねてから聞いているところだ。

念のためにそのぼろんじの人相を聞いてみると、これが平次郎のいう人相覚えに瓜《うり》二つではないか。

半兵衛も淀川渡しの船に乗った。

沖合いには三十石の船客目当ての「くらわんか船」がうろついている。「酒くらわんか、寿司くらわんか、ぜにがないのでようくらわんのか」と、悪態をつきつき物を売る船だ。渡しはそれらの物売り船をかき分けて、高槻の岸に着いた。

岸から高槻城下まではざっと一里。

八之丞らしいぼろんじはそれを行った形跡がある。半兵衛は道々人にたずねて、問題のぼろんじが山崎通りの宿駅芥川にはいったことを突き止めた。それも東の入り口から三軒目の旅籠井筒屋らしい。ぼろんじはその井筒屋を足溜まりにして、近隣の村々を托鉢しているらしいのだ。

そうと確認したのだったが、三日前の半兵衛のその苦労が、きょうの、この日の敵討ちに繋《つな》がったというわけだ。

腹背を固められた八之丞もさすがにいまははやこれまでと見たのか、道に覆い被《かぶ》さったかたちの木々を背にし、滾《たぎ》る目で助三郎、平次郎、そして半兵衛をつぎつぎと見た。

## 2

七年前の寛文四年辰《たつ》年の春、前田半兵衛は参府する仙石越中守の供廻りをいいつけられた。

信州上田六万石越中守政俊の参府は干支《えと》の陽支の年ときまっている。すなわち子《ね》、寅《とら》、辰、午《うま》、申《さる》、戌《いぬ》各年の四月に出府し、次年の陰支の年に帰国する。

道は中山道《なかせんどう》。

江戸までは四十六里。

それを四泊五日で行くのだが、大半の家臣は主人を江戸屋敷に送り届けると、その足で上田まで帰ってしまう。なのに半兵衛は二十二という若さのせいか、一年の江戸詰をいい渡されたのだ。

と仰《おお》せ付かるなり半兵衛は禄《ろく》を返上した。

それが七年前、春三月のこと。

べつにお供がいやであったわけでも、一年の江戸勤番がいやであったわけでもない。

浪人を決意した裏には決意せざるを得ない事情があったからだ。

半兵衛が主家からいただいていた屋敷は、上田城二の丸の外、木屋町《きや》というところにあって、近くに辻という徒士頭《かちがしら》の屋敷があり、それに登代という年頃の娘がいた。色の白い、目のぱっちりした、まるでお雛様《ひな》のような娘だったが、これと半兵衛は先をいい交わす仲になっていた。

しかるにその登代が急にそっけなくなったのだ。

なぜかはわからなかったが、そのうちに登代が半兵衛につれなくしはじめた陰には、小林左文という若侍のいることがわかってきた。

左文は江戸帰りだった。

一年の勤番を終え、去年の春帰国する主君のお供をして帰ってきたもので、一年の江戸暮らしのせいか、その挙措《きよそ》はどことなく垢抜《あかぬ》けしている。

これに登代が参ったというのだ。

それに左文はつねに主君の側にいて、その手廻りとして重用されている。

一方の半兵衛。半兵衛の役どころは藩の武術指南らの世話役。

走り使いといっていいか。

左文にくらべると明らかに半兵衛の旗色がわるい。

半兵衛は気落ちしていたが、そのうちに意気消沈の半兵衛に追い討ちをかける事態が発生した。

小林、辻両家の縁談成立だ。

そうと知って半兵衛は憤然とし、いっそのこと、

「意趣を霽《は》らして他国に走るか」

とまで考えてみた。さいわいといっていいか、何年もの世話役暮らしで藩の武芸の一つの卜伝《ぼくでん》流なら、いささかなら使えぬでもない。と、そこまで考えたが、それはしかしできたことではなかろう。

半兵衛は煮え湯を飲まされた思いでいたが、その半兵衛に江戸詰の命が下りたというわけだ。

それとこれとが重なって、半兵衛を致禄へと走らせたのだ。

もともとが微禄、捨てても惜しいものではない。そう思うと待てしばしがない。

半兵衛は浪人し、信濃《しなの》の国から立《た》ち退《の》いた。

それが七年前。

若気のいたりといってしまえばそれまでだが、覆水は盆には返らない。一、二年あちこちをさすらった後、石見《いわみ》国安濃《あんの》郡吉永村に流れ入って、吉永一万石、加藤内蔵助《くらのすけ》明友の臣で、粟井三郎兵衛という者の侍になった。

若党である。

信濃国から石見国にまで流れ、そこで粟井という人の侍になったことは、そういうえにしであったというほかに説明の方法がないが、半兵衛の新しいあるじの粟井三郎兵衛は三十前。気の優しい人物であったが、この人もまた数奇、とまではいえぬにしても、相当に屈折した過去を持っていた。

勤めはじめて、半兵衛はそのことを知る。

三郎兵衛の実父は松下源右衛門といって、奥州会津《あいづ》、加藤式部少輔《しょうゆう》明成の臣で千石を頂戴《ちょうだい》していた。

ざっと二十年前、寛永も残り少なくなった頃のことである。

その頃、会津四十二万石の大守であった式部少輔は居城を幕府に無届けで改修したとして改易され、一子内蔵助明友は石州で一万石を頂き、そこで父式部少輔を預かることとして、会津を追われた。

加藤家は石見に移る。

当然家臣もあるじに従うが、なにせ新所領は一万石、会津では三千人からの家臣を抱えていたが、新領土では百五十人余しか養えない。それも従来の俸禄の三分の一、四分の一しか渡せない。

そういう立場に追い込まれる。

三郎兵衛の父源右衛門も、千石から三百石に減じられた一人だが、さて、この松下源右衛門、これは三郎兵衛の実の父に違いはないが、三郎兵衛の母親は源右衛門の正妻ではなかった。

源右衛門には卯女《うめ》という名の妻がいたが、源右衛門はべつに内妻を持っていて、それが三郎兵衛を生んだのだが、その女は早く死に、三郎兵衛は正妻卯女の手で育てられることになる。

そして、そうこうするうちにも月日は流れて、承応《じようおう》も三年（一六五四）という年を迎えた。

加藤家が会津から移ってきて十一年目という年のことだが、その年の某日、吉永陣屋に遠からぬところで一つの意趣討ちがあった。

討ったのは家中早川八郎左衛門という者の倅《せがれ》、八之丞。

討たれたのは大崎長三郎といって、これは源右衛門の妻卯女の末弟で、このとき二十《はたち》。

討ったほうの八之丞は十八。

八之丞が長三郎に意趣を持つにいたったのは、孌童《れんどう》の縺《もつ》れからだった。

一人の美少年をめぐる八之丞、長三郎の鞘《さや》当てが、刃傷沙汰《にんじようざた》にまで発展したものだが、傷を受けた長三郎は死に、八之丞は他国に走った。

そうと知った長三郎の姉卯女は激昂《げっこう》し、夫源右衛門を通じて八之丞を捕縛するか、それとも八之丞の実父八郎左衛門に詰め腹を切らせるかのどっちかをと、藩庁に迫った。

藩庁は取り扱いに窮したが、松下源右衛門が譜代の重臣であることと、卯女の生家の大崎家も由緒《ゆいしょ》ある家柄であることから早川八郎左衛門に仕舞《しまい》をさせ、この孌童縺れ一件を落着させた。

卯女の怒りはそれで納まったが、納まらぬ者もいた。

逃亡中の八之丞だった。どこかで父切腹のことを知ったとみえ、

「罪もない父に仕舞をさせたのは源右衛門、卯女夫婦の奸計《かんけい》。この恨みはかならず果たす」

と、そういったというわさが、廻り廻って吉永にまで伝わってきた。

だが、八之丞に恨みを霽らされるまでもなく、卯女は事件のつぎの年に病死してしまった。

後に残ったのは十六になった三郎兵衛と、その父源右衛門の二人であったが、卯女病死の直後に、三郎兵衛に養子の口が舞い込んだ。

養子先は死んだ卯女の一族で粟井某。

粟井は藩では物頭《ものがしら》を勤めていたが、嗣子《しし》がない。そこで三郎兵衛に粟井の家を継いでもらおうということになったのだ。

一方、親の源右衛門にもそのとき再婚のはなしが持ち上がっていた。再婚相手は先殿《せんどの》式部少輔が外腹に生ませた於《お》まつという女で、そのとき二十八。源右衛門は四十一。

まんざら釣り合わぬわけでもなく、このはなしはトントン拍子で整い、ここに新しい夫婦ができた。

となったらいっそう三郎兵衛のはなしには拍車がかかり、こっちの縁組みも成立した。

粟井三郎兵衛はそのような曲折を経《へ》て、こんにちを迎えているのだという。

ある雨の日、勤め明けで無聊《ぶりょう》でもあったのか、半兵衛のほうからは持ちかけられぬはなしを、三郎兵衛は淡々とした口で語ってくれた。

聞いて半兵衛は身につまされるものを覚えた。あるじ三郎兵衛のそれにではない。三郎兵衛の義母卯女の末弟を斬ったという早川八之丞の立場に、だ。

思えば信州上田で半兵衛は好いた女を横取りされ、憤激のあまり横取りしたやつを斬ろうと考えたことがある。

それをしなかったのは半兵衛が、多少は後先を見る人間であったからであろう。

だが、ここにきて思うのは八之丞という男の、思い切りのよさだ。後に重荷を背負うことになろうとどうであろうと、斬ってケリをつける。八之丞にはそういうメリハリがあるが、自分にはそれがなかった。だからいまだに自分はメソついていて、送り迎える日々も三味線でいう水調子ではないが、おもく、くらく、せつない。

「わしもあのときに左文を斬っておくべきだったかも」

と、八之丞のメリハリに惹《ひ》かれるものを覚えたりしたが、いずくんぞ知らん、その八之丞に自分が刃《やいば》を向けることになろうとは、この時点では半兵衛、露《つゆ》ほどにも思わないでいる。

3

三郎兵衛の父、松下源右衛門の中間は中田平次郎というのだが、半兵衛は源右衛門の子の三郎兵衛の若党、そんな関係で、二人、いつしか口をきくようになっていた。

といっても二人、年がいささか異なる。平次郎のほうが上、それも半兵衛の目から見ると、平次郎はもういい年のおじさんだが、その平次郎、出は長門《ながと》萩《はぎ》藩領のなんとやらという村で、由緒は地下侍《じげざむらい》であるという。

萩ではそれを「在郷の者」というんだそうだが、その地下侍の平次郎は「ゆえ」あって国を出、石見にきて松下源右衛門の奉公人になったのだという。

「かれこれ十年にもなるか」

平次郎はそういって笑い、

「このままなにごともなけりゃ、わしは死ぬる日まで松下様にご奉公するかもよ」

と、つけ加えた。

かなり居心地がいいのであろう。

「結構なことじゃあないか」

いいかげんな相槌《あいづち》を半兵衛は打った。

そうなろうとなるまいと、そいつは半兵衛の知ったことではない。口をきくようになったといってもその程度のもの。だからなんの「ゆえ」があって平次郎は萩を出たのか、その「ゆえ」も聞いてみようとはしなかった。

所詮《しょせん》は他人と見ていたからだが、他人と見ていた平次郎が、

「お別れだ」

といって、妙に懐《なつか》しそうな顔をしたのは、半兵衛が三郎兵衛の侍になったつぎの年のことだ。

その日半兵衛は主家の用事で石見三田《さんだ》の一つの大田《おおだ》にいた。浜田、益田と並ぶ大田は吉永から約十丁。かいわいでは唯一の町なんだが、そこではしなくも、これも主家の使いできていた平次郎と出会ったのだ。

「そういうことらしいの」

半兵衛はうなずいた。

松下源右衛門が京に移り住むことになったとは、半兵衛もすでに聞いて、知っている。

平次郎も従者としてともに京に移るのだという。

「なにせ親方が一万石だろう。一万石では若の先も知れたもの。そこで京にでも出て、しかるべき口を探そうというわけさ」

わがことのように平次郎はいう。

平次郎のいう若とは、源右衛門と後妻於まつのあいだにできた跡取りで、このとき十歳。源右衛門の子であるのと同時に跡取り助三郎は、先殿加藤式部少輔明成の孫でもある。加藤の血を引く者を一万石ぽっちの領下に燻《くすぶ》らせてはおけない。と、そういい出したのは加藤内蔵助明友には姉に当たる於まつ。

それで京へということになったらしい。

「もうこれっきりでおぬしには会えんやもしれんがな」

平次郎はそういい、別れを惜しんだ。

半兵衛にとってはそれが、吉永でのただ一人の知人との別れだった。

源右衛門一家は京に去った。下京《しもぎょう》因幡堂通り突き抜けのゆや丁《まち》とかに屋敷を購《あがな》い、そこに落ち着くのだという。

三郎兵衛も半兵衛にそう語った。

「さようですか」

半兵衛はあるじに応《こた》えた。

三郎兵衛は禄を離れた父の行く末を案じているようであったが、いまは三郎兵衛にとって松下は他家。そうも口は挟めず、したがって傍観しているだけのようであったが、なにせ於まつは会津四十二万石の大守であった人の娘、三郎兵衛が想像する以上の財を加藤家から受けていて、源右衛門が禄を離れたとていささかも困るようなことはなかったらしい。それもあっての三郎兵衛の傍観でもあったのだろう。

松下家はそういうふうに暮らしの形態を変えたが、子の粟井のほうは十年一日、これという変化はなかった。ただ、一度だけだが、三郎兵衛が出府することになり、その供をして半兵衛も江戸表まで出向いたことがある。それがせめてもの変化といえばいえるか。

三郎兵衛の出府は吉永藩領の殖産策を江戸重役らと諮《はか》るため。たとえば先殿式部少輔の旧領であった会津から塗師屋《ぬしや》を招いたり、また山葵《わさび》の種苗を導入したりして領内の景気を刺激しようというものだ。

加藤家の上屋敷は桜田の藪小路というところにあり、そこまでは吉永からざっと二百三十里。片道だけでも二十泊はしなければならぬ長旅である。主従は吉永辰山《たつやま》の御殿を出て、東を目指した。

だが、江戸屋敷でそれらの殖産計画がどう扱われたのか、半兵衛は知らない。そういうことは半兵衛にといえども、三郎兵衛は語ってくれない。

二人はまた長い旅を重ねて吉永に帰ったが、それがここ一、二年中での変化といえば、まあそんなものか。

江戸への行きもそうだが、帰途もその気になれば京を通らぬでもない。なのに三郎兵衛は行きも帰りも京を避け、父を訪ねようとはしなかった。

それだけ父の後妻於まつに気を使っていたのだろうが、しかるに京を素通りして帰ってみると、父源右衛門からの書状が三郎兵衛の帰着を待っていた。

書状の内容は、於まつには義姉に当たる人が尾張徳川家の奥で局《つぼね》住まいをしているので、その者に助三郎の取り付きを頼むため、於まつは当面京に残し、父子二人で江戸に赴《おもむ》くというものであった。

「この年末にも京を発つ」

とも認《したた》められていた。

「この年末ですか」

半兵衛はそうと洩《も》らしてくれた三郎兵衛にたずねた。

年末はもうそこに迫っていたからだ。

寛文七年の、だ。

「そういうことであるらしい」

「それはまたせわしないことでございますね」

「年を寄せたせいか、おやじどのもなんとも気ぜわしい。思いついたら待てしばしがない」

三郎兵衛はそういいつつ、指を折って、

「そういえばもう五十三だ」

といった。

おやじどの源右衛門の年齢であろう。

五十三の老父が、ようやっと十歳の倅をなんとか世に出さんものと骨を折る。

考えてみれば痛々しくもあわれなはなしではないか。なまじ若い女を妻としたばかりに、しなくてもよい苦労をしなければならない。

「女はいかんのじゃ」

上田のお登代のことを思い返して、胸の底で半兵衛はひとりごとをいった。

女に惚《ほ》れたばかりに半兵衛のいまがある。

それと同じで、源右衛門がなにを思って於まつを妻としたのか、源右衛門の腹中のほどはわからないが、それをしたばかりに彼は老骨に鞭《むち》を加えなければならない。

半兵衛の感想だった。

「なにごともなけりゃよろしゅうございますがね」

女はいかんといった呟《つぶや》きを噛《か》み殺して、半兵衛はかわりのことばを述べた。

「なにごともとは、なんだね」

「いえ、お年でございますゆえ江戸は大変でございましょう。それを案じましたわけで」

半兵衛がそういうと、

「そうじゃの」

と、三郎兵衛も遠いところを見る目をした。

三郎兵衛も案じていたのだろうが、主従のこの心配は当たって、江戸到着後間なしに源右衛門は、源右衛門を父の敵と狙《ねら》う早川八之丞に討ち取られてしまう。だが、そうなるとは神ならぬ身、誰もが知るよしもなかった。

4

月日は停滞するところなく過ぎ、石州吉永も寛文八年四月という時を迎えた。

その四月ももう半ばに近い生温い風の吹く日の宵、半兵衛はあるじ三郎兵衛に呼ばれたのだが、呼ばれるなり半兵衛は、

「きまった」

と、直感した。

きまったとは仇討ちのこと。

十年一日のごとくずっと平穏であった粟井家ではあったが、ここにきてその平穏は打ち砕かれ、粟井の家はにわかにあわただしいものになっていた。

江戸で、三郎兵衛の父源右衛門が、早川八之丞に斬殺されたというのである。

この悲報をもたらしたのは、源右衛門、於まつのあいだにできた助三郎と、そして源右衛門の中間であった平次郎の二人だった。

源右衛門が殺されたのは先月二十一日。

と知るなり平次郎は助三郎の介添えとしてともに江戸を発ち、途中京に立ち寄って於まつに会い、三人相談の上で京町奉行所に仇討ちの届けを出し、ふたたびわらじを履《は》いて西に下ってきた。

そして吉永に着いたのが四日前の四月七日。

それからこっち、粟井家はすっかり静寂を失ってしまったというわけだ。

よもやこんな騒ぎになろうとは知らず、半兵衛は四日前の夕方、ふいに姿を見せた平次郎に、

「おや、もうこれっきりじゃあなかったのかい」

と、おどけ半分の目を向けた。

平次郎に並んで助三郎もいる。

旅装の助三郎は、見れば一年前よりは一廻りも大きくなっている。それにも目を向けて半兵衛はいったのだ。

「もうこれっきりおぬしには会えんやも」

去年、平次郎はたしかにそういって京に上がったはず。それがなんの前触れもなしに舞い戻ってきたからだ。

「なんだ、なにごとがあったのだ」

助三郎を奥に案内したあと、半兵衛は平次郎をわが小屋に入れて、聞いてみた。

「なにごとがあったどころか」

平次郎は激しい口調で源右衛門横死の事情を物語った。

「なんと……」

半兵衛は息を飲みつつ、聞いた。

平次郎が源右衛門、助三郎父子の供として江戸にはいったのは、ことし二月半ば。源右衛門はほんとうは前年の暮れにでも京を発つつもりであったらしいのだが、いろいろとあって、結局は年を越してからの江戸入りになったのだという。

江戸では赤坂田町四丁目というところで借宅をした。江戸城の外濠《そとぼり》を通して山王権現《さんのうごんげん》の森を見ようかというところで、町の西は青山という名の山の手。田町あたりからその青山に上がる坂があって、上りつめるとそこは青山の百人町《ひゃくにんちょう》。

源右衛門父子も平次郎も実はなにも知らなかったのだが、その青山百人町に八之丞はとうから住みついていたのだ。

父子出府の目的はあくまでも尾州家への取り付き。だから江戸入りをするなり於まつの義姉に会おうとしたが、その矢先に助三郎が病いの床についてしまった。

高熱を出し、咳《せき》もひどいし、目脂《めやに》も目蓋《まぶた》が開かぬぐらい出る。医者を呼ぶと、呼ばれた

医者は、

「これは麻疹《はしか》」

と断定した。

「赤疱瘡《あかもがさ》ともいうてな、やがてからだ中に赤い疱《いも》が出ようが、それが出たら峠は越える。さほど気にすることもないが、薬は服《の》んでおいたほうがよろしかろう。取りにござれ」

医者はそういう診立《みた》てをして、帰った。

医者の住まいは牛鳴《うしなき》坂だという。

そこまでは片道五、六丁はあろう。

薬は平次郎が取りに行くことにしたが、平次郎が出かけるとき助三郎は高熱に浮かされていたし、源右衛門は薬を煎《せん》じるための七厘《しちりん》やら行平鍋《ゆきひらなべ》やらを用意していた。

平次郎が表格子を繰って外に出たとき、外はもう暮れかかっていたが、それがすっかり暮れたころに平次郎は帰ってきた。

帰ってみるとなんだか様子がおかしい。

源右衛門の声がないのだ。

平次郎は台所をのぞいたが、のぞいた目が一瞬にして凍りついた。なんと台所は一面血の海で、それに源右衛門が倒れ、そばに行平だの七厘だのが割れて、散乱している。

平次郎はあわてて主を抱き起こしたが、源右衛門はすでにこと切れている。泡を喰った平次郎は奥の間に駆け入ったが、そこでは助三郎が喘《あえ》いでいるばかりで、なにが台所で起きたのか、とんと要領を得ない。そうこうしているところへ、平次郎が使いから帰ったと知ったらしい隣人がきて、源右衛門を討ったのは、

「早川八之丞」

という名のぼろんじだと、教えてくれた。

「ハヤカワハチノジョウ」という名乗りと、「オボエタカ」というただならぬ喚《おめ》き声を耳にした隣人は、あわてて窓から外を見た。するとぼろんじ姿の男が転がるようにして木戸のほうに駆け去った。

それをしかと見たのだという。

隣人のこの証言と、吉永でのむかしのことを重ね合わせると、源右衛門斬りは八之丞の仕業《しわざ》としか考えられないし、それなら助三郎は八之丞を敵として狙わなければならない。

それが武士のならいというものだからだ。

さいわい助三郎の麻疹も日ならず快方したので、二人は相談をして江戸を引き払い、石見の国の兄を頼ることにした。というのが江戸における源右衛門横死と、その後の顚末《てんまつ》だが平次郎はそれを語り、

「この上はわしはどこまでも若を扶《たす》けるつもりだ」

と、固い口でそう結んだ。が、その後、しばらくして、また、

「一季半季の奉公人のくせして、そこまですることもないといわれるやもしらんが、まだ十一やそこらの子供が親の無念を濯《すす》ごうというのに、それを横目にしていたのではたとえ下郎といえども面目にかかわるでな」

と、そうつづけた。

だが、そういうことにはならんだろうと、聞いて半兵衛は思った。

平次郎のいい廻しでは、助三郎が一人して敵を討つかのように聞こえるが、それは違うだろう。源右衛門は助三郎の父であるのと同時に三郎兵衛の父でもある。いざ報復となったら、助三郎よりもむしろ三郎兵衛のほうが真の討ち手にならなければならない。助三郎もまたそう思ったからこそ、都からは遠いこの石見に馳《は》せ下ってきたのではないか。

「まあ、そう力《りき》むこともなかろう。敵討ちはどのみちうちの旦那《だんな》もということになろうし、すりゃこのわしだとてお供に加わらにゃあなるまい。討ち手は大勢いるさ」

半兵衛は平次郎にそういった。

半兵衛は八之丞に対し、これまではそう悪い感情は持っていなかった。それどころか恋敵を討って一気にケリをつけた果敢な点を快とさえ見ていた。けど、二人までをというように

いたってはそういうわけにもいくまい。だから三郎兵衛に仇討ちの免許が下るなら、こっちから願ってでもお供をと考えたのだが、この半兵衛の思いは根底から崩れた。父の死を知るなり三郎兵衛は仇討ちの願いを藩庁に出した。しかし、その願いは即座に否決された。

三郎兵衛は源右衛門の実子とはいえ、いまは粟井の当主である。粟井の当主が松下家の仇を討つというのは筋の通らぬはなしである。松下には助三郎という世継がいるはず。敵を討つというならまずその者が当たらなければならない。その者が弱年というのならそれの成長を待てばよいこと。三郎兵衛の仇討ちは世の仕置にはそぐわない。そう撥《は》ねつけられたというのだ。

しかし三郎兵衛は納得せず、きのう支配頭を通して再度の願いを出した。願いを出す前に三郎兵衛は半兵衛に、

「この願いが許されるとすぐ旅立つが、そのほうもついてくるか」

と、いわれている。

「喜んで」

と、半兵衛は答えた。

その、きのうのきょうである。お呼びがあったということは、赦免が下りたということ

になろう。

半兵衛はあるじのへやに通り、

「お呼びでしょうか」

と、敷居際に膝《ひざ》を突いた。

見れば床の間を背にした三郎兵衛と助三郎は向かい合っていて、平次郎は助三郎の背に控えており、半兵衛とわかるなり三人が同時に顔を上げたが、その表情は一様に固い。

「はてな……」

と半兵衛は首をひねったが、半兵衛の怪訝《けげん》顔を見た三郎兵衛が、

「半兵衛よ」

と呼びかけてきた。

「はい」

半兵衛はあるじを注視した。

「わけがあって二度の願いにもお沙汰は下りず、わしは父の敵すら討てんことになってしもうたわ」

と唇を噛んだ。半兵衛は驚いて、

「わけとはなんでございます」

と問うた。すると三郎兵衛は、

「どうやら十四年前のことが根にあるらしい」

といった。

いまを去る十四年前、早川八之丞が大崎長三郎を斬った。その際の藩庁の裁きは大崎、松下の両家に篤《あつ》く、早川家に酷であった。藩庁はいまも公平を欠いた当時の扱いを悔いていて、その縺れの事件にはもうかかわりたくないのだという。

わけとはそれらしい。

しかし、そういう事情は事情、父の敵を討つ武士の作法まで歪《ゆが》めるわけにはいかない。

三郎兵衛はそういい、そこで、

「そなたをここに呼んだのは実は頼みあってのことだ。どうであろう、そなた、このわしの身代わりとして、この助三郎を介助してはくれまいか」

というと、

「このとおりだ」

と、そこに両手を突いた。

行こうにも行けぬわしの胸の内を察してほしい。

三郎兵衛はそういうのだ。

予期とはあまりにも異なる展開に半兵衛はとまどい、座敷を照らす燭台《しょくだい》に目を向けた。燭台の五十匁掛《めが》け蠟燭《ろうそく》は高さにして七、八寸もあろうか。それの灯心草《とうしみそう》が蠟を舐《な》めて、わずかに炎をゆらめかせている。その炎をしばし見つめた上で半兵衛は、

「よろしゅうございます。それがしが旦那様のお身代わりをつとめましょう」

と、はっきりといいきった。

半兵衛とて好き好んで敵討ちなんぞに加わりたくはないが、武家の奉公人だった。あるじが行ってくれというのに、それはできぬとはとてもいえない。

半兵衛の承知で、暗かった座敷にパッと喜色の灯が点《とも》った。まず、なによりも平次郎が喜んで、

「おぬしが加わってくれるなら、これは百人力だ」

といい、三郎兵衛もそれまでの憂色をかなぐり捨てて、

「行ってくれるか」

と一膝も二膝も乗り出した。

「まいりましょうとも」

半兵衛、こんどは快諾した。

行きがかり上、やむを得ない。

あらためて半兵衛は臍《ほぞ》を固めた。

そういう半兵衛を見ていた三郎兵衛は、やがてからだの向きを変え、刀架から一腰を取り出し、

「これはわしが松下の家を出る際、父から贈られた父のかつての差料《さしりょう》だ。賀州金沢の兼巻《かねまき》が正保《しょうほう》年間に打ったものとか。これで八之丞を斬ってくれるなら、それは父自らが恨みを霽らしたことになろう。頼む」

と、そういって、三尺三寸に余るであろう石目《いしめ》塗り鞘の一刀を、半兵衛の目の先に差し出した。

## 5

南北に長い生駒《いこま》山地も、ようやく北に尽きようかというあたりに穂谷《ほたに》、甘南備《かんなび》などの山がある。

芥川宿に差しかける朝の陽はこれらの山の肩から出、淀川の川面《かわも》を渡って白く輝いて、降りてくる。

正辰《しょうたつ》。

すなわち朝の五ツ（八時）。暮秋にはいったとはいえ、朝の光はまだまだきびしい。そのきびしい陽差しを真っ向に受けた八之丞は、雑木を茂らせた堆《うずたか》い丘を盾《たて》に取って、身構えた。

道の前後を扼《やく》され、いまはこれまでと覚悟をさだめたのか、頭の擂鉢笠を取り、それを、ここにもある数珠玉の茂みに投げ捨てた。

濃い眉の下の糸のような目が、真向かいの陽を受けて赤く燃え立っている。

その八之丞の前に助三郎が立った。

双方の隔《へだ》りは約二間。抜けばたちどころにどちらかが血を見る間合いだ。

「抜け、八之丞、覚えがあろう」

少年ながらも凛《りん》とした声で助三郎が叫ぶ。

父源右衛門がこの八之丞の手にかかってからまる三年と六カ月。いまの助三郎にはもはや麻疹に苦しみ、父の死も知らなかった小児の面影など、どこにもない。あれから平次郎、半兵衛は敵を求めて東西したが、その間助三郎は京に在ってひたすら剣を学んでいる。それだけに刀の扱いも巧妙になっているし、なによりも身のこなしが敏捷《びんしょう》になっている。

「なんの覚えだ」

だが、八之丞はひるまない。強い目を助三郎に向けたまま、ゆっくりと背の風呂敷包みを取り、胸の偈箱、三衣袋も取って、それらをいまの笠の上にほうり投げた。

やるというのなら受けて立つ。

そういう姿勢はありありとしている。

半兵衛の目にはそのように映る。

こうして見るかぎり、八之丞というのはやはり相当の強悍《きょうかん》の者と見えるが、その半兵衛は八之丞の左側面に付き、右手には平次郎が付いた。

「源右衛門闇討ちだ。覚えがないとはいわさんぞ」

腰を捻《ひね》って助三郎は白刃を抜き放ち、それを正眼《せいがん》につけてじりっと八之丞に詰め寄る。

同時に平次郎も抜き連れた。

半兵衛も三郎兵衛に托された兼巻の鞘を払った。と、三人が抜いたのを見るなり八之丞もすらりと引き抜いたが、それでも斬ってかかろうとはせず、細い、光る目で自分を取り囲む三人を見たが、なぜか半兵衛にだけ、

「おのれはなんだ。いわれもないやつに刃を向けられる筋はないぞ」

と、口を引き裂くようにして喚《わめ》いた。喚くその面上に強い陽光がめらめらと踊る。

「わしは源右衛門の先腹《せんばら》三郎兵衛の身代わりだ」

半兵衛はいった。

「しゃらくさいことを申すな。源右衛門はわれらが父の敵、だから討ち果たした。敵討った者を、討たれた者の身寄りが狙うのは復敵《またがたき》。それでは切りも方図もないことになるぞ」

まだいいくるめられると思っているのか、それとも隙《すき》をうかがい逃走するつもりか、この期《ご》におよんでも八之丞は理屈をいう。

その間にも通行人があり、それが次第に固まりになって、

「喧嘩か」

と騒ぎ出した。

喧嘩なら仲裁にはいる。

それがこの時代の慣習《ならわし》である。

「喧嘩ではないぞ」

平次郎が喚き返し、半兵衛も、

「仇討ちだ、手出しは無用ぞ」

と、高らかに呼ばわった。

周りの騒ぎはそれで治まったが、治まるか治まらぬかに、一瞬の隙を突いて八之丞が走りはじめた。長身の八之丞は刀を片手上段に振りかぶり、自分の右を固めている平次郎に向けて襲いかかった。

平次郎が身を開く。

その平次郎を見返りもせず、八之丞はいっさん走りに走りはじめた。

逃げる気だ。

足が早い。

八之丞の長い影が走る八之丞を追って、これもかっ走る。

半兵衛がその背についた。

助三郎も平次郎も半兵衛につづく。

ものの二丁も半兵衛は追ったか。

逃げきれぬと知ったのか、それとも逆襲の機をうかがっていたのか、走る八之丞はハタと足を停め、停めるのと同時に振り向いて半兵衛に白刃を叩きつけてきた。

キラッとした一条の光を目の端に入れるよりも早く、半兵衛も手の刀を八之丞の面部に打ち込んでいた。

寸毫《すんごう》の差で半兵衛の切っ先のほうが早かった。

八之丞のひたいが割れ、鮮血が岩間から温泉の湯が噴くように迸《ほとばし》り出た。

深く斬ったという手応えは半兵衛にはなかったが、それでも八之丞は、

「あっ」

と狼狽《ろうばい》し、半兵衛の二の太刀《たち》を避けるべく、後方に飛び退《しさ》った。が、飛び退《の》いた足が空を踏んで、八之丞は道のかたえの溝《どぶ》に尻からどっと落ちた。

溝の深さは二尺ぐらいのものか。水はあるが量はさほどでもない。それへ落ちたのだが、落ちるなり八之丞は這《は》い上がろうともがく。そうはさせじと半兵衛がもう一太刀振るおうとしたとき、半兵衛を掻《か》き退けて助三郎が躍り出、

「おのれが……」

というなり抜身を振り被って、おのれも溝に飛び入り真っ向から八之丞に撃《う》ちかかった。

だが、助三郎の拝み撃ちは、その手許を、八之丞の手でがっちりと捉《とら》えられてしまった。

八之丞はいつの間にか刀を捨てていたのだ。

助三郎は捉えられたわが手首を振り解《ほど》こうとし、そうはさせじと八之丞は身をうねらし、逆に助三郎を組み敷こうとする。

半兵衛も平次郎も見ていて、手出しができない。狭い溝の中で二人が縺れているからだが、そのうちに助三郎の手首を持つ八之丞の指が離れた。

八之丞は溝から這い上がろうとする。

這い上がり、なにはともあれひとまずこの場を脱するつもりと見える。

八之丞は赤坂田町に源右衛門を突きとめたぐらいだから、一子助三郎も同居していると

は知っていたろう。なのに源右衛門を斬り助三郎を見逃したのは、助三郎はまだ子供、取るに足らぬと軽視したからか。

もしそうなら八之丞は禍根を残したことになる。

若い芽はすばらしい速度で成長し、成人は歳月とともに衰えていく。この法則に八之丞は気づかなかったのか。

「しまった」と、いまになって悔いてもはじまらぬと半兵衛は見たが、ともあれ遮二無二《しゃにむに》八之丞は高みに上がろうとしたが、その背へ助三郎が横殴りの太刀先を浴びせかけた。

八之丞はのけぞる。

それへ溝の縁にいた平次郎が袈裟をかけた。

「ワッ」

と八之丞は一声上げ、まだ溝の中にいる助三郎の上に覆い被さって、倒れた。

おびただしい出血である。

それが助三郎の顔面にもろに降りかかり、助三郎は紫蘇《しそ》の樽《たる》を頭から被ったようになった。だが、助三郎はすぐ這い起き、その場で八之丞に馬乗りになり、

「この外道《げどう》、覚えたか、覚えたか」

と、泣くにひとしい声でいい、二刺し、三刺しと八之丞の胸を突き貫いた。

「とどめを」

と平次郎が声をかけたが、助三郎はそうはせず、怪力を出して八之丞を溝から引き上げ、路上に横たえた上で、ただの一撃ちでその首を打ち切ってしまった。

見ていて半兵衛は驚いた。

通常なら相手を斃《たお》し、その頸《くび》の正中《せいちゅう》を貫くか、もしくは頸動脈《けいどうみゃく》を刎《は》ねてとどめとする。それが作法だが、この少年はそれをしないで首そのものを断ち落としてしまったのだ。

さほどに恨みが深かったのか、それとも首を京に持ち帰って父の墓前に供えるつもりなのか。いずれにしても十四歳の少年とはとても思えぬ荒業《あらわざ》を助三郎はやってのけたのだ。

平次郎が八之丞の片袖《かたそで》を引き千切《ちぎ》って、それで八之丞の首を包んだ。

半兵衛は刀を鞘に納めた。

かくて三年半におよんだ仇討ちは、上々の首尾をもって落着した。

「おめでとうござる」

半兵衛がいうと、少年助三郎は、

「ありがとうございます。これも半兵衛さんのご助力の賜物《たまもの》と、このご恩は終生忘れません」

と、蒼白の顔にようやく血の気を蘇《よみがえ》らせた。

「まったく。こなたがいなかったらこうもうまくいったものか、どうかだ」

平次郎もそういい、これは深い一礼をした。

そのときになって芥川村の村役人があらわれ、なぜこういう騒ぎを起こしたのかと訊《き》く。

訊く村役人の面上にはさわやかな陽の光がきらめいている。

それを見て、半兵衛も空を仰いだ。

空には雲一つとてなく、みごとなまでに晴れ渡っている。

「こんなによい日和《ひより》だったのか」

と半兵衛は、あらためて天気のよさを知った。斬り合うまでは天候のことなどまったく頓着《とんちゃく》していなかったのだ。

平次郎が村役人に向かい、

「これは敵討ち。敵討ちであることはお上《かみ》の御帳《おちょう》にも載っているゆえ、どうぞお調べ願いたい」

といい、討ち人と討たれた者双方の名を告げた。

芥川村は高槻藩御領下だから、この一件は村から藩庁に届けられ、八之丞がもしも真実の普化僧なら、八之丞の所属する本山とも合議の上、遺体は芥川村のどこかに埋葬されることになろう。

「厄介《やっかい》をおかけし、相すまんことです」

助三郎に代わって、平次郎は平身低頭した。

半兵衛も頭を下げた。

## 6

半兵衛が草津の宿にはいったときには、釣瓶《つるべ》落としとはいえ、まだ申の下刻時分であろうというのに、陽は早くも西空深くに傾いていた。

草津は東海道と中山道を分ける追分《おいわけ》になっていて、それだけに宿内は繁昌している。旅籠も多い。それの一軒に半兵衛ははいったが、通されたへやは二階。それもおさだまり入れ込みの割り床だが、たとえ割り床であっても、旅人一人ひとりの胸の内はそれぞれべつであろう。

半兵衛は手摺りに身を寄せ、宿内の通りを見下した。

この宿駅には弁柄《べんがら》塗りの家が多く、それらから食売女が出て、しきりに通りすがりの人の袖を引いている。それを、見るともなく見ているうちに、またしても、

「どうしておるであろうか」

という思いに駆られた。

どうしておるかとは平次郎、助三郎、それから石見吉永の粟井三郎兵衛らのことだった。芥川村で八之丞を仕留め、三人は京の因幡堂通り突き抜けまで引き揚げたが、三人の帰路を待っていたかのように、月番奉行雨宮対馬守《あめのみやつしまのかみ》からの呼び出しがきた。

助三郎、平次郎、半兵衛とも肩衣袴《かたぎぬばかま》という形で、二条城南の西町奉行所に出頭した。

この奉行所に助三郎は仇討ちの願いを出している。

それもあってのお呼び出しであったのだろう。

三人はただちに与力番所のようなところに通され、そこで本懐成就《じょうじゅ》を祝福され、かつ、今後は自由の身であることを保証された。

つまり、なんのお咎めもないということである。

その夜、半兵衛は平次郎と二人してささやかな宴を持ったが、その席で、

「ところで半兵衛さん、あんた、これから先どうされるつもりか」

と平次郎に聞かれた。

一つの目的を持って男三人が集まったが、それは遂げた。ならば平次郎はこれまでどおり松下家の郎党に戻り、半兵衛もまた旧主のもとに還《かえ》る。本来ならそうなるところだろうが、半兵衛はもとをただせば上田仙石家中の侍、ひょっとするとこの機にそっちに立ち帰

るのではないか。

その思いもあって平次郎は聞いたのであろう。

「そうさな」

半兵衛はことばを濁した。

目的を遂げたらまた石見に帰る。そのつもりで吉永を出てきたのだが、二年三年と日日《ひにち》がたち、かつ、しまいにはむざんな八之丞の死を見たりしているうちに、だんだんとその気がなくなってくるのを半兵衛は覚えていた。

八之丞のやったことは決して誉《ほ》められたことではないし、誉められたことではないからこそ、彼は他国の路傍にその身を横たえる結末を迎えたわけだが、それでも半兵衛は、八之丞はおのれにはすこぶる正直であったと見ている。

半兵衛も上田で煮え湯を飲まされた過去を持っている。

七年前のことだが、あのとき半兵衛がもし八之丞のように激しやすい人間であったなら、いま頃は八之丞と同じような尸《しかばね》になっていたかもしれない。

そうはならずにこうしているのは、八之丞と違って人を斬ることを恐れたからだし、人を斬ることを恐れる腑甲斐《ふがい》ない自分にいや気を覚え、他国に走ってわが身を隠したからだ。

つまり現実から逃避したわけだが、そういう情ない半兵衛にくらべると、八之丞の行動にはメリハリがあり、しかも自分に忠実であったといえよう。

半兵衛はそう見ている。

魂を失った亡《な》き骸《がら》の八之丞なのに、その亡き骸すらが、

「どうだ、見たか」

と、胸を反らせているかのように半兵衛には見えたが、そうと見たとたんに、

「おれはいま峠に立って、これまで歩いてきた自分の足跡を見返っているのではないか」

という思いに駆られた。

この、自分は人生の見返り峠に立っているのではないかという思いは、そのとき以来いまも持ちつづけている。

「そうさな」

といったあとも盃のやりとりはつづいたが、それも一段落したあと、

「石見もさることながら、その前に一度国に帰ってみようかとも、いま思うておるんだがね」

と、半兵衛はいった。

「上田にかね」

国が信濃であることは、とうのむかしに平次郎にも語っている。

「そうだ」

「すると石見にはもう戻らん。そういうことかね」

「いや、それはわからんさ。ここからでも上田は遠いが、石見に行ってしまうといっそう遠いものになる。ここにいるのをさいわいぶらっと上田に廻って、その上で、気が向いたらまた石見に下ってもよい。そうも思うておるところだ」

半兵衛はいった。

上田は京からも遠いが、石見に帰ってしまうといっそう遠いところになってしまう。ここからなら九十余里行って中山道の久保井新町、そこから依田《よだ》川沿いの谷間道を少々行くと上田だが、石見からだとそれの倍から上の道のりということになろう。

平次郎にそれをいったのだが、だからといって、それへ帰ってなにをしようというあては実際のところなにもない。

七年前の煮え湯の二人をどうこうしようという気もないし、ふるさとの眺めをもう一度というほど、半兵衛はまだ枯渇《こかつ》はしていない。

まあ、帰ってなにをするかといえば、いまはもういい年になっているであろうお登代の背姿など眺め、なぜ自分がこんなものに迷い、売らずもがなの国を売ったのか、その迷いの原点を眺めるぐらいしかなかろう。

そう思う。

だが、原点もなにもない。要するに半兵衛が漂浪に近いこんにちを迎えているのは、すべては若気の至りからだ。

思慮に欠けていたから。それだけのことだが、その思慮に欠けていたおのれをもう一度見直してみる。

それが上田に帰ってみようと思いついた唯一の材料。

すなわち見返りの峠なのだ。

ひととおりの献酬のあと、半兵衛は身の横に置いてあった兼巻を取り、

「これを」

と平次郎の膝前に押し出し、

「おぬしの手から粟井様に返してはくれんか」

といった。

平次郎は近日中にも助三郎の供をして吉永に下ると聞いている。

本懐を遂げたその報告のためだ。だが、平次郎はかぶりを振って、

「それはなるまい」

と、半兵衛と刀を交互に見、

「これはおぬしに下されたもの。返すというのならおぬしの手からじかに返すべきだ」

という。

まして兼巻は三郎兵衛の父源右衛門の差料であったたし、この刀の刃は敵八之丞の血を吸っている。

「到底預かるわけにはいかん」

平次郎は強硬に首を振ったが、

「なあに、また石見に行くことになろうやもしれん。そのときにあらためて拝領するとして、それまでお預かりをと、お主《しゅ》様にそう伝えてくれればいいさ」

笑って、半兵衛は兼巻作の刀を平次郎に押しつけた。

平次郎とはそれで別れた。

つぎの日の早朝、半兵衛は京を離れた。

そして草津宿まできたのだが、別れてきた平次郎や助三郎、そして三郎兵衛らの顔がしきりと目の前に出てくる。

だが、それらはもう過去の絵。

今後、平次郎にも助三郎にも、そして粟井三郎兵衛にももう会うことはなかろう。

ぼちぼちと灯の点りはじめた宿内の通りを見下して、半兵衛は自分にそういい聞かせた。

つぎの日も秋晴れの気持ちのいい朝だった。

半兵衛は道を東にとった。

久保井新町まではなお八十里余。

先は長い。

だが、半兵衛は結局は上田には廻らず、そのまま江戸に向かい、刀を捨て、生涯を商《あき》ン人《ど》で過ごす道を選んだ。

それが見返り峠で半兵衛が投げて得た釆《さい》の目であったのだろう。

その商人半兵衛が後年になって耳にしたところでは、半兵衛の旧主粟井三郎兵衛は、父の仇討ちに加われなかったのを無念として、世を倅に譲って出家したということだし、三郎兵衛の異母弟助三郎は肥後熊本の細川越中守に召し抱えられたという。

そのとき助三郎は名を中瀬助五郎と改めたというが、なぜ松下の姓を捨て、助三郎を助五郎としたのか、そこまでは半兵衛にもわからないし、その助五郎、後には千二百石からの高禄をいただくのだが、それも半兵衛は知らなかった。しかし、年寄せて作った子をなんとか世に出そうとした源右衛門の願いは、自分が討たれ、その敵を倅に討たすことによってようやく叶《かな》ったということになろう。

泉下でも満足しているのではないか。

半兵衛はそうと見る。

中田平次郎のその後は半兵衛も知らないが、想像では平次郎は助五郎の従者となって、あるじとともに肥後の熊本に移っていったのではなかろうか。

そう思う。

商人半兵衛は宝永二年（一七〇五）に江戸で死んだ。

享年六十三であったという。

嫂
あによめ

# 1

大川の川尻あたりに上がった月が、川尻からなら遠く離れたこの浅茅《あさじ》ヶ原にも、白い光を降り沈めている。

十日の月だが、それを背にして菊坂十一郎《といちろう》は足を運ぶ。

十一郎が足を向ける先はわかっている。

十一郎が行こうとしているのは橋場の総泉寺。それへ月の十日と二十日の夜はかならず詣《もう》でる。それがきまりだ。と、村山与五六《よごろく》が知ったのは一月《ひと》前の二月のことだが、それから気をつけて見ていると、たしかに十一郎はその月の二十日にも総泉寺に詣でた。

それも陽が西に没してからだ。

十一郎の住まいは千住《せんじゅ》往来の山谷《さんや》にあるのだが、見張っていると、十一郎はそこを夕五ツ（八時）時分に出て、浅茅ヶ原のこの田圃《たんぼ》道を行き、しばらく総泉寺前を逍遥《しょうよう》した後、往路を逆にとって帰ってきた。

心願の筋があるとかだと、与五六に十一郎の動きを教えてくれた女はいったが、いかなる心願なのか、それはわからぬながら、とにかく十一郎は月に二回、橋場に行って帰る。

だから跡なんぞつけるまでもないのだが、それでも与五六はだいじをとって、尾行をつづける。

寒の戻りというのか、この夜はやや肌寒い。

道の傍《かたわ》らは三月大根の畑。畑のずっと向こうには疎林がひろがっていて、それの木立のあわいから総泉寺の大門のあたりが見えはじめた。

そこまで、あと、もう三丁とはなかろう。

十一郎の姿が行く手の疎林に吸い込まれた。

疎林は総泉寺寺領の森にも繋《つな》がっている。

もう姿を忍ばせるまでもなかろう。

若草の柔らかな畦道《あぜみち》を、与五六は刀の鯉口《こいぐち》を摑《つか》んで走った。走って追い縋《すが》って、名乗りを上げて、抜き合わせる。そしたらもう斬るか斬られるしかないが、十一郎というのは剽《ひょう》悍《かん》な人間であるとも聞いているし、剣にも多少の心得はあるとも、聞いている。

としたら、斬りつけても逆に斬り返されるということもないことではなかろう。場合によっては全身を膾《なます》と切り刻まれることだって、ないとはいえまい。

早めた足と同じ早さで、その思いが与五六の脳裏を走る。

しかし、もはや後には退《ひ》けない。

「臆病風は禁物だ」

与五六はわれとわが身をけしかけた。

与五六はどっちかというと臆病なたちだ。

そういう生まれつきであるとは、自分でも承知している。なにかを始めようという際にはきまって逡巡《しゅんじゅん》する。そういう面も併《あわ》せ持っている。それが常だが、しかし、いよいよとなると存外と大胆で、たちまち居直ってしまう。そういう面も併せ持っている。

いまもそれだ。

与五六はくそ度胸を据《す》えた。

疎林が切れると、そこは総泉寺の大門。大門の前は表往還の日光街道にまでつづく、広く、長い参道になっていて、それへも十日の月はおぼろに下りている。

菊坂十一郎はその大門通りにはいって、それから大門のほうに向かった。

大門通りも大門もともに両側は深い木立になっていて、ジンと、耳の中が底鳴りを発しそうなほどの、深いしじまに被《おお》われている。

時が時ゆえ、十一郎、与五六のほかには人の姿はない。

「待て、菊坂」

与五六は月に白い参道に躍り出た。

十一郎は数間先にいて、与五六の声に一瞬からだを硬直させたが、それでもゆっくりと、こっちを返り見た。

十一郎も与五六の顔は覚えているはずだが、覚えていた証拠に十一郎は、

「与五六か」

と、むせぶような声でいい、いいながらもじりっと身構えた。やはり狙《ねら》われる覚えはあるとみえる。だが、それでも十一郎はとぼけて、

「なんの用事だ」

と、抄《すく》い取るような目で与五六を見る。

「しれたこと」

与五六は声を励まして、

「兄と嫂《あによめ》のことだ、知らんとはいわさんぞ」

と詰め寄った。

声がふるえている。

それが自分にもわかる。

「あれはわしじゃあないぞ」

十一郎は逃げを張ろうとしたが、すぐ思いなおしたのか、

「やるというなら相手になってもいいぜ」

と、あっさりと前言を翻《ひるがえ》した。

なにをこの小僧と与五六を見縊《みくび》ったか、それとも、いまここで与五六を返り討ちにしてしまえば、もう自分を敵《かたき》と狙う男手は村山の家にはないはずと、素早く計算をめぐらせたか、そのどっちかであろう。あるいは両方あっての開き直りかもしれない。

与五六は当年二十五。十一郎は与五六よりも三つ四つの年長。

与五六は自分の頭の芯《しん》が音を立てて弾《はじ》けたのを知覚し、そうと知るなり引き抜いて、抜いたやつを片手上段に振りかぶり、そいつを十一郎の頭部に向けて、いきなり叩きつけた。

だが、そんなものをもろに喰らうような十一郎ではなかった。十一郎は横ざまに走って、参道の壁になっている並木を木楯《こだて》とした上で、スラリと抜いた。

与五六はさらに斬り込もうと焦《あせ》ったが、木楯が邪魔でにわかには斬り込めない。

十一郎も向こうからは仕掛けてこない。

しばし睨《にら》み合いとなったが、睨み合っているうちに与五六の腕のほどを見破ったのか、

「トウ……」

という咆哮《ほうこう》とともに、十一郎の剣が風を巻いて与五六を襲ってきた。与五六はかろうじて避けたが、十一郎の動きは敏捷《びんしょう》だった。息継ぐ間もないほど、与五六のからだの右に

左にと、ピカピカとしたやつが襲いかかってくる。

電光石火の疾《はや》さだ。

斬り払い、斬り返すいとまなどどこにもない。与五六は斬り立てられて後退を重ねたが、このままではいまに手を負い、足許の土に這《は》い蹲《つくば》ってしまうかもしれない。

与五六は恐怖に取り憑《つ》かれた。

いまはまだ無傷、無傷のうちにいっそ逃げ出して他日を期そうかと、にわかに臆病風を吹かしはじめた。

実際、このままでは与五六に勝目はない。そうと自覚したときだった。思いも寄らぬことが眼前で起きたのだ。

黒頭巾《くろずきん》の小姓風の男が並木の陰から躍り出てきたのだが、躍り出るなりその者は白刃を抜き放って、いきなり十一郎の背に袈裟《けさ》をかけたのだ。

## 2

与五六が、実兄慎蔵の主君でもある青山侯に取り立てられたのは、三年前の天保七年（一八三六）四月のことだった。

青山家とは丹波篠山《ささやま》の城主青山下野守《しもつけのかみ》忠良《ただなが》のことだが、青山家というのは当主の忠良が奏者番を勤めているように、代々が幕閣にはいっているという家柄で、ために参覲《さんきん》交代があまりなく、歴代はだいたいが在府とされていた。

屋敷は筋違《すじかい》御門内にあるのだが、それの警固というのが、新規お召し抱えの与五六に与えられたお役目だった。

給金は六両と一人扶持《ぶち》。ささやかな処遇であったが、それでも、なんのすることもなく兄の部屋住みでくすぶっているよりかは、よほどましだ。与五六は勇んで江戸に向かったが、与五六の江戸勤番と前後して兄の慎蔵も、青山家の飛び領地である丹波桑田郡《こおり》の郡代官を命ぜられていた。

慎蔵は与五六よりは四つの年長で、数年前に亡くなった父の三十石三人扶持というのを安堵《あんど》してもらっていた。その兄が重用されたと与五六も聞いたが、そうと知っても与五六はそのことにはあまり気を使わなかった。

どうせあの兄のこと、お勤めもそつなくこなすに違いない。そうと見ていたからだったが、その兄がこともあろうに人手にかかり、それの処理が与五六にまで及んでこようとは、夢にも思ってみないところだった。

慎蔵もまた、おそらくはそうであったに違いない。

慎蔵には結婚してまだ三年とはたっていないおふみという妻がいたが、慎蔵はこの妻を篠山城塹《ほり》の外の侍屋敷に残して、単身任地に旅立った。

任地の代官屋敷は周山というところにあって、そこは薪炭《しんたん》の量産地であるとされている。薪《まき》は筏《いかだ》にし、炭は川舟に積んで、大堰《おおい》川、宇治川と乗り継いで京の町に送られる。

春秋、靄《もや》、霧の多い土地で、冬はまたことのほか冷えるところらしいが、それへは京から周山街道というのが通じている。しかし篠山からだと京を回る道は迂回《うかい》に過ぎるので、藩は隣国園部《そのべ》藩領を抜ける若狭《わかさ》道を使うよう、かねてから指示している。

兄慎蔵もその道を行ったことであろう。

与五六は山を分けて行く裁付《たつつけ》姿の、兄の背中を見たような気がした。

だが、与五六が兄の昨今を知っているのはそこらまで。月日は、兄の任地の周山にも、そして弟のいる江戸にも平等に回《めぐ》ったが、与五六は、自分がつつがない日を重ねているように、兄もまた息災でいるであろうと勝手に思い込んでいた。

なのに、その兄の留守宅で一つの事件が芽吹いて、それがぬきさしならぬところまで発展していようとは、神ならぬ身、与五六はまったく知らずにいた。

任地にいる兄もおそらく知らなかったのではないか。

留守宅で起きた事件とは、嫂おふみの密通だった。という国許からの通信を得て与五六は仰天した。

嫂おふみの密通が引き金となって、兄夫婦はともに密夫の手にかかって果てた。国許からそうと知らせてきたのだ。

知らせてくれたのは与五六の友人の一人だ。

兄夫婦が死んだという知らせはまさに寝耳に水であったが、それよりも与五六がもっと魂を抉《えぐ》られたのは、嫂の密通という一事だった。

「なぜ……まさか……あの聡明な人が……」

払っても払ってもまとわりついてくる嫂不始末の一事に、与五六は頭を抱えた。

密通するような女では断じてない。

そう思えてならないからだ。

「信じられん」

与五六は胸の内で何度もいってみたが、しかし、国許ではどこへ行ってもそのうわさで持ち切りだという。

嫂密通の相手は、慎蔵のふるい友人の一人でもある菊坂十一郎であるという。

十一郎は普請《ふしん》奉行の配下で、土地の高低や面積を測る杖突《つえつき》という役をしていたが、旧友慎蔵の栄進に妬心《としん》を持ち、その腹癒《はらい》せにおふみに接近、ついにこれを陥落させた。だから天保八年六月十日のその夜も、十一郎おふみの両人は、当然のように夜をともにしていた。

そこへ、ふいに慎蔵が帰ってきたというのである。

慎蔵の突然の帰宅は藩命によるものだった。

郡代官慎蔵が本藩の召還を受けたのは前日の九日。慎蔵はただちに帰国することとして、自分の下役である和田某という若者をつれ、赴任してきたときと同じ道を、こんどは西へと、とった。

この道は篠山までのべにして十一里。当然、道中のどこかで一泊するのがならいだが、慎蔵は十一里を通すこととした。したがって篠山城下にはいったときは、夜も五ツを過ぎたかという時刻になっていた。

町の灯もその大半は消えている。

だが、慎蔵にとっても和田某にしてもひさしぶりの篠山城下だった。

二人は疲れた足を急がせた。

和田の家は慎蔵方よりは一丁ばかし、手前にある。

「お屋敷までお見送りする」

という和田を慎蔵は押しとどめ、

「ご新造がお待ちかねだろう」

と笑っていった。

和田には貰《もら》ったばかりの若妻がいる。

慎蔵はそのまま、暗い道を、わが家のほうに向かった。

とは、慎蔵と別れ、若妻と一夜を明かしたあとの、和田の証言である。

慎蔵おふみ、両人の死を発見したのは慎蔵方の中間《ちゆうげん》の茂八だった。

慎蔵は一人では中間は使えないので、友人と語らって茂八を催合遣《もやいづか》いとしている。二人して一人の中間を使うというやり方だが、慎蔵が周山勤務になってからは、この茂八は、友人方で寝起きをしていた。しかし、朝は慎蔵方にも顔を出し、ご新造おふみの用向きなどを弁じなければならない。

そうと慎蔵からいいつけられている。

だから十一日の朝もきた。

きて、慎蔵方の屋敷にはいった。

屋敷といってもささやかなもので、申しわけ程度の庭があって、その先に玄関がある。

玄関の内側は土間だが、茂八が見ると、なぜか玄関の戸はあいたままになっていて、戸の内側の踏み込みには、ご新造おふみの日和《ひより》下駄が横倒しになったままだ。

こんなことはこれまでにないこと。

けてみた。

茂八は不吉なものを覚えながら、三和土《たたき》から奥に向いて、のび上がるようにして声をか
二度三度声をかけてみたが、奥からはなんの応《いら》えもない。

それに、気のせいか、なんともいやな臭いが奥から流れ出てくる。

生臭い血の臭いだ。

茂八はへっぴり腰で上にあがってみた。

あがったところは四畳半の玄関の間。その隣りが同じ広さの中の間。中の間の奥がご新造おふみの寝間だが、それへはいる襖《ふすま》はすべて引き開かれていて、首を差しのべただけで奥の寝間はすべてが見て取れる。

茂八がのぞいてみると、寝間には水色の麻の蚊帳《かや》が部屋いっぱいに張りめぐらされていたが、その蚊帳の吊《つ》り手の二つが切れ、切れて折り畳まれている蚊帳の裾《すそ》に、旅装の武士が一人、仰向けに倒れていた。

見れば胸腔を抉られたらしく、おびただしい量の血が、麻蚊帳をどす黒く彩っている。

倒れている武士はあるじの慎蔵と茂八は見た。

「旦那様《だんな》」

茂八は大声を出したが、慎蔵はすでにこと切れていて、ピクリともしない。ならばと茂

八が目を凝《こ》らして見ると、なんと、蚊帳の中ではおふみもまた死んでいるではないか。

死んでいると見たのは、あまりにもむざんな奥様の寝乱れざまであったからだ。

これが慎蔵夫婦の枉死《おうし》を知る端緒だった。

## 3

八月にはいるとたんに気温が下がって、なんだかすっかり秋めいてきた。

与五六はその季節の移ろいを、淋しい思いで迎えた。

浪人してしまったからだ。

もっとも浪人したといっても、勤めに怠慢や過失があってのそれではない。

「十一郎はこの江戸におるという者もある。探し出して、討て」

と上役にそういわれ、やむなく禄《ろく》を返上したものだ。

与五六に敵を討つべきではないかと慫慂《しょうよう》したのは、屋敷の目付《めつけ》と、与五六が所属する番方の組頭、この二人だった。

先月のはじめに与五六は右の二人に呼ばれ、兄夫婦の敵を討ってきたならばあらためてのお取り立てと、村山の家禄、すなわち死んだ兄がいただいていた三十石を保証するといわれたのだ。

兄が享《う》けていた禄と手当ては、カネに換算すると十七両余。与五六のいまの給金の三倍の額にはなる。

それを請《う》け合うということは、これは二人だけの発意ではなしに、もっと上層の者の意向であろうと、与五六は理解した。

むろん、上からそういわれなくても、与五六は与五六で、敵は討たずばなるまいとは思案していた。

兄、嫂の敵は十一郎と、そう断じるだけの証拠はなかったが、事件処理に当たった本藩町奉行所の廻り方は、十一郎のほかに犯人はいないと断じ、十一郎が下手人でなければならぬなにより拠《よ》り所は彼の唐突の逐電であるといいきっている。

もっとも廻り方の報告がすべて真実を語っているとは、与五六も思わない。辻褄《つじつま》合わせの部分もなきにしもあらずだが、しかし要点だけはちゃんと突き止めているかには、見える。

事件の原因は菊坂十一郎のおふみに対する横恋慕。そこからはじまったものであろうというのだが、その廻り方の、上にあげた事件の概要とはこういうものだ。

まず現場。

奥四畳半には蚊帳が吊られていたが、その蚊帳の吊り手四つのうちの二つが切れていて、切れて垂れた蚊帳の裾に、旅装の慎蔵が仰向けになって、倒れていた。

着衣は麻藍縞《あいじま》の帷子《かたびら》に絽の軽衫《かるさん》。

右手には鞘《さや》袋をかけたままの刀が握られていたが、それの小柄櫃《こづかびつ》には、調べてみると一分銀四枚が縦に並べて入れられていた。不時のための用意金であろうが、それをふくめ、屋内から金銭のたぐいが持ち出されたという形跡はない。慎蔵の所持品はほかに懐中の矢立、紙入れ、小銭入れの早道《はやみち》のみ。

傷は一つ。心嚢《しんのう》を斜め下から上に向けて刺されていて、刺したであろう刃物の尖端は、同人の左肩貝殻骨の下あたりまで突き抜けていた。

したがって、おそらくは即死したであろうと思われる。

状況から考えられることは、蚊帳越しに蚊帳内をうかがおうとした慎蔵を、中にいた十一郎が一気に刺したものであろうか。

蚊帳の中の女屍は慎蔵の妻女のおふみ。

おふみは左頸《さけい》部を、これも鋭利な刃物で抉られており、着衣の、絞りのゆかたは裾を大きく乱していた。帯も抜いたか、抜かれたかは不明だが、誰かが投げたようなかたちで被害者の足許に落ちていた。

しかし、それには血痕は見られなかった。

これらから按《あん》ずるに、十一郎に襲われたおふみは抵抗し、揉《も》み合っていた。と、そこへだしぬけのあるじの帰宅、これに驚いた十一郎はまず慎蔵を刺して殺し、返す刀でおふみの首をも掻《か》き切って逃走した。

そのように思料される。

なお、現場には凶器も遺留品のたぐいも見当たらなかった。

というのが廻り方の検視報告のあらましだった。

だが、検視はどうであれ、国許では十一郎が姿をくらませたことから、一気におふみ密通のうわさが花と咲いた。

すなわち十一郎は慎蔵の出世を妬《ねた》み、慎蔵の妻を陵辱《りようじよく》することでうさを霽《は》らそうとしたこと。という十一郎の腹中など知るよしもないおふみは、閨《ねや》淋しさからついつい十一郎を受け入れてしまった。そして当夜も熱々のそれを繰り返していたところへ、予期もせぬ慎蔵の帰宅、そこからあの凶行は起きたというのが、そのうわさの内容だった。

それはないというのが、うわさを耳にしての与五六の思いだ。あの貞淑な嫂がそんな不潔な真似《まね》なんぞするはずはない。与五六はそう思うが、うわさはますますかまびすしいという。

はたしてその夜、嫂の身の上になにがあったのか、ことの仔細は与五六にもわかるはずはないが、それならなおのこと、嫂の不名誉を雪《すす》ぐためにも、ひいては兄の無念を霽らすためにも、十一郎は討たにゃあならんと思った。

それに幸か不幸か、村山の家には与五六のほかには、慎蔵の卑属となるべき人間はいないのだ。与五六はなんとなく復仇の思いを固めつつあった。

しかるにそれに先んじての藩の意向であり、公儀への届け出も藩の名ですませるというのだ。

いくらかはまだ心迷いしていた与五六もこれでふっきれ、正式に暇《いとま》を願い出、許されて、居を浅草山之宿六軒町に移した。

そういうわけだったのだ。

山之宿六軒町は、浅草広小路から六、七丁がほども北に寄った日光道中筋にあった。町の裏手はもう浅草川。

そんなところだったが、そんなところに移り住んだのも、そこが盛り場に近いという理由からだった。盛り場に近ければ、十一郎にめぐり合う機会も多いに違いない。そう考えたからだ。

だが、喪家《そうか》の狗《いぬ》となってしまった与五六だった。敵討ちよりも先にまずわが身を養う工夫をしなければならない。

与五六は屋敷勤めの口を探した。それも日限《ひぎ》りの口だ。

さいわい向う柳原一帯、とくに三味線堀かいわいには旗本屋敷が山とある。それも小身者が多い。大身の旗本と異なって、二百石、三百石取りぐらいでは、使用人はそう多くは抱えられない。人を増やせば水も増えるのたとえで、それらの屋敷では人減らしに苦心している。しかし、使用人を削ってしまっては、たとえば公式の場に出る際の供揃《ぞろ》えにも難儀するし、他家とのかねあい上からも体裁《ていさい》がよろしくない。

そこで、そういうときには渡りの中間を日限り遣いとして、なんとか体面を整えようとする。

この俄《にわ》か仕立ての中間の需要が意外と多い。

与五六はそれに目をつけた。

与五六は屋敷勤めには狎《な》れているし、それに与五六は顔よし、姿よし、口跡《こうせき》もまたよしと、屋敷働きするのには三拍子揃っている。

そこらを重宝がられ、与五六にかぎっては引く手数多《あまた》という、淋しいような嬉しいような、妙な感じの日々を迎えることになるのだが、それもこれも敵討ちのため。この一念に凝って渡りの折助《おりすけ》という、人には小バカにされる勤めに与五六は励むことになる。

# 4

行く手で浅草寺《せんそう》の鐘が鳴った。

五ツの鐘でもあるのか。

空には星のまたたきがある。

「丹波の空もいま時分はこうか」

重ね合わせた両袖《りようそで》の中で腕を組んで、与五六は空を見上げた。

年が明けて天保も九年。それもはや二月ともなったが、敵の在《あ》り処《か》はいまだに知れない。

兄夫婦のむかわりはこの六月。それまでにカタをつけることができれば御《おん》の字だが、どうも、そうは問屋は卸《おろ》してくれそうにもない。

夜風が少々肌に寒い。

木《こ》の芽風というやつであろうか。

与五六はゆっくりと歩いた。

ここ二、三日、向う柳原のさるお屋敷で働いていたのだが、それもこの日で御用済みとなり、これから自分の家骸《やかばね》のある山之宿六軒町裏に帰ろうとしているところだ。

足はいつの間にか広小路にはいっている。これを突っ切って日光道中に出、それを少し行くとそこが山之宿六軒町裏だが、途中で道を変えて馬道《うまみち》へ出るという手も、ないではない。どっちの道を行ったたって住まいまでの長さは同じだ。

与五六は石灯籠《いしどうろう》の明かりを受けて、裏付《うらつけ》を蹴返《けかえ》してみた。草履《ぞうり》だ。表が出たら日光道中を、裏に返ったら馬道廻りにするつもりであったが、出た目は裏。与五六は馬道に廻る道の木戸にはいった。

馬道は江戸でも名うての盛り場で、昼夜を問わず混み合っている町だ。女のいる岡場もあれば、通りには四つ手の駕籠《かご》がたむろして、客の袖を引いている。

それへ足を向けたのは、都合で今宵は女でも抱いてみるかと思っていたからだ。草履返しはそのためのふんぎりみたいなもの。さいわいふところには、ここ二、三日分の給金がはいっている。

馬道の女はほかの岡場の女とは異なって、いたって物静かで、どことなく人目を忍んでいるような風情《ふぜい》がある。

そうと与五六は聞いている。

女のいる見世《みせ》は、通りからはいる落武者横丁に固まっている。

それへ与五六は足を入れた。

下町のほうから吉原をめざす連中は、花川戸や広小路をへて、この馬道に差しかかる。ここが花街への関門、だから辻駕籠なんぞがたむろしているのだが、ところが吉原へ行くまでもなく、馬道には馬道で女がいる。それもいたって物静かな女どもだ。と見て、大方の男どもがここで落馬をしてしまう。これから出た名が落武者横丁。

馬道の遊所は陰見世《かげ》がたてまえ。だから女は、外から見えるでもなく、見えぬでもないところに控えている。

一間《ひとま》に女一人。

それが行灯《あんどん》の灯を横顔に受けて、ひっそりとしている。

横丁はぞめき歩く客でざわついているが、それらと擦《す》れ違ううち、与五六の目に一人の女が飛び込んできた。女も与五六の目を感じたのか、ふっと首をねじって、与五六を見た。

目と目が合った。

目と目が合ったとたんに、与五六は思わず、

「あっ……」

と、声を上げていた。

嫂のおふみがそこにいる。

一瞬そう思ったが、そんなバカなことのあろうはずはない。他人の空似であったが、そ

れにしても、あまりにも嫂を髣髴《ほうふつ》させる女は謎のような目で与五六を捉《とら》え、

「お寄んなんしよ」

と、なまめいた声でいった。その声に与五六がふらっとなったとき、うしろから下駄を鳴らしてきた男が、与五六を突きどけるようにして、女に鼠鳴《ねずなき》をしてみせた。虱《しらみ》絞りの手拭いで頬《ほ》っ被《かぶ》りをしたキロキロ目の男だ。女の馴染《なじ》みでもあろうか。だが、こんなやつに横取りされてなるものか。

与五六は女のいる部屋の土間に、足を入れた。

半坪足らずの土間には女の履物《はきもの》であろう、黒塗りに洗い朱鼻緒の下駄が一足、揃えられている。

土間つづきは四畳半ぐらいの狭い一室。鏡台と行灯とふとん、ふとんの上には二つ枕。

それしかない部屋だ。

女が入り口の戸を鎖《とざ》し、ついでに連子《れんじ》窓の障子も引いた。

二十《はたち》か二十一、そんな年頃の女だ。

瓜実《うりざね》で鼻筋が通っている。

肌の色は白い。

それがしんなりと寄り添うてきて、与五六に吸いつけ莨《たばこ》なんぞを差し出した。

指も細くて、白い。

こんなところに置いておくのはもったいない。与五六はそうと、女を見た。

与五六が莨を吸っているうちに女は二つ折りのふとんを延べ、枕も二つ並べて、それから誘う目で与五六を見つめた。

やはり亡き嫂にいかにも似たまなざしである。

与五六はふとんに這《は》い込んだ。

「外はまだ寒いのではありませんか」

女は、わが手で夜着の前を開きながらいい、差し出した与五六の腕に頭を預けた。

与五六がからだの向きを変え、軽く女を抱え寄せると、女も向こうから与五六のふところ深くはいってきて、ぬめりとした感触のふとももを与五六の素足に擦りつけてきた。

嫂もこういう肌を持つ人だったのかなと、そのとき与五六は思ったが、その思いがふいに、兄亡きあとの義姉を兄嫁直しにして、いまそれをかい抱いているのではないかという錯覚を、与五六に覚えさせた。

# 5

急いできたつもりだが、落武者横丁をそこに見たときには、横丁では路次番がもう柝《き》を打ち鳴らしていた。

「やれやれ」

与五六は胸を撫《な》で下ろした。

ようやっと間にあった。

そう思ったからだった。

こういう町ではならわしとして、引けは夜四ツとされている。後世でいう十時。その時刻になると引け四ツの拍子木を打って、泊りの客のほかは木戸の外に押し出してしまう。

そういうきまりだ。

だから特定の女を馴染みとしている客は、嫖客《ひょうかく》で混み合う四ツ前には、めったには足を踏み入れない。ぞめきの客が去った四ツ時分に木戸をくぐって、馴染みと朝までねんごろにしようと、工夫する。

「間夫《まぶ》は引け四ツから」というわけだが、与五六もそれに倣《なら》い、嫂似のあの女と朝の鴉《からす》の鳴き声を聞いてみるつもりだ。だからこそ遅くやってきたというわけだが、それも嫂似のあの女に泊りの客がついていなければのはなし。ついていれば与五六ののぞみはかなわない。

なにしろ売り物、買い物。会おうにも僥倖《ぎょうこう》という運の助けもいるわけだ。

空には右半分が欠けた下弦の月がある。

九月半ばの月だ。

木戸口は人の足音、濁《だ》み声、嬌声《きょうせい》が入り乱れて、いかにもかまびすしい。

与五六はかろうじて、木戸の内にはいった。

この日、与五六は旧藩の友人らに招かれて、内神田のお屋敷まで罷《まか》り越していた。友人らが募《つの》ってくれた義捐《ぎえん》の金子《きんす》をいただくためであったが、行ってみると友人らは一席をも設けてくれていた。

与五六がそれへ顔を出すと、そこにはかつて兄慎蔵の下役であった和田という若侍も顔を並べていた。和田は兄慎蔵が殺された日、兄と同道して周山から帰ったことは、与五六も聞いて、知っている。

「おや、あんたもこっちへこられたのですか」

与五六が挨拶《あいさつ》すると、

「こっちが忙しいようですからね、仕方がないですよ」

と、和田は答えた。

主君の忠良が奏者番兼任の寺社奉行に任じられて以来、青山家の江戸屋敷は日々多忙を極めている。

和田が国から呼び出されたのも、そのせいであるという。

与五六は忙しく働くかつての同僚らを羨《うらや》む目で見たが、いまの与五六は蚊帳の外の人間、羨ましと見るよりもまずわが責任を果たさなければならない。

与五六が主客だから酒席の話題は当然去年のあの一件におよぶ。

「あれは十一郎の一方的な悪図《わるず》で、おふみさんにはなんの咎《とが》められるところもない」

だからいっとき国許を騒がせたうわさも、いまではすっかり立ち消えになっている。

和田はそういってくれた。

すすめられるままに与五六は飲んだが、杯を重ねるうちに、急に馬道の、あの嫂似の女に会いたいと思いはじめた。

水を得た魚のように立ち働く旧友らを目の当《ま》たりにすると、自分だけが取り残されているようで淋しい。

友人らの芳志を女に換えるのは心苦しいが、今夜はどうしてもおいくに会いたい。そんな気持ちだ。

あの夜の女はおいくというのだが、そのおいくと、いまはこの世の人ではない嫂が与五六の胸の中では、混然一体となっている。

酔うてきただけにその思いは一入《ひとしお》だ。

酒の席はほどほどで逃げ出し、一目散においくのところに駆けつけたい。

与五六はそう考えた。

おいくとはこれまで二度会っている。

初会がこの二月。半月置いて裏を返しに行ったから、それで二度目。三度目も裏を返してからそう間を置かずに行ったのだが、そのときにはおいくに先客がついていた。

そういう場合にはそこらを一廻りするかして、客が帰っていくのを待たなければならない。

与五六もそうするつもりで、丁子屋《ちょうじや》というおいくの見世を後にしたのだが、後にしたとたんに、丁子屋とは斜向《はす》かいの見世の女に声をかけられた。

おみちといって、武州のほうの在から五年の年季できているという女だった。

年はもう三十に近いのではなかろうか。

これに色目を使われ、与五六はその気になった。一つにはおいくに対する腹癒せの気もあってのことだった。

おみちというのは丁子屋のおいくとは違ってあけすけで、

「あんたとこうしてると、なんだか深間《ふかま》にはいってしまいそうだよ」

と、溜息なんぞついて見せてくれたりした。

与五六もまんざらではなかったが、与五六の気はやはりおいくに傾斜している。

嫖客が散って静かになった横丁をのぞくと、おいくが一人でしょんぼりしていた。

仕舞いの客はつかなかったと見えて、行灯のそばでつくねんとしている。

「どうしたね」

土間にはいって与五六が声をかけると、おいくは色白の頬にホッとしたような笑みを浮かべて、

「もうお見限《みかぎ》かとあきらめていたのに、今夜はどっちに向いた風が吹いてるのかしら」

と、うらみごとともとれる口説《くぜつ》を並べた。

それがまた与五六には嬉しい。

「どっちの風なものか」

与五六もおいくの口を真似ていい、

「今夜の風は泊りの風だ」

と、そこらの遊冶郎《ゆうやろう》がいいそうなおべっかを、それもいっぱしぶっていった。

「まあ、嬉しい」

おいくはしん底嬉しげな顔をして、早速にも泊りの支度をはじめた。

与五六は手土産《てみやげ》を一つ、提《さ》げてきている。

蕎麦饅頭《そばまんじゅう》だが、それの折りを手渡すと、おいくはそれを抱き緊《し》めるようにして、そのまま奥の帳場のほうに去った。

おおかた帳場にもお裾分けをし、そのかわりに茶道具でも借りるつもりであろうが、帰ってきたときには、茶碗などのほかに、与五六用の夜着を小脇に抱えていた。

こういうところでは仕舞いの客には夜着も提供するらしい。

床入りは急がない。

どうせ夜は長いのだ。

二人、膝頭《ひざがしら》を突き合わせてお茶を啜《すす》ったが、啜りながらもおいくは上目使《うわめ》いに与五六を見て、

「お悋《りん》でいうのじゃあないけれど、二股船はあたし、きらいさ」

というではないか。

「二股船？」

なにを突然にいい出したのかと与五六は思ったが、すぐにおいくのいおうとしていることが嚥《の》み込めた。二股船とは浮気船。斜向かいのおみちのことをいっているのだと、わかったからだ。

二股はどこだって嫌われるが、こういうところではなおさらだ。狭い世界のこと、すでに与五六の浮気をおいくは耳にしているとみえる。

「おまえに先客があったからじゃあないか」

口にまで出かかった声を噛《か》み殺して、

「すまん」

与五六はぺこりと頭を下げた。

とっかかりの話題はこれだったのに、それが引き金になったのか、この夜ははなしがはずみ、しまいにはお互いが身の上のことなど喋《しゃべ》り合うほど、はなしに身が入った。そうなるよう、与五六とおいくの両人は前々から約束づけられていたのかもしれない。

「おまえの生籍《しょうせき》はどこなのさ」

聞いてもいいかいと、あらかじめことわりをいった上で、与五六は聞いてみた。

「深川」

おいくはいったが、そうといったとたんになにかの堰《せき》でもが切れたかのように、おいくは一気に自分のこし方を語った。

与五六は行灯の暗い明かりを頼りに、おいくの目許や、あごのあたりを眺めていた。

おいくの父というのは北国のほうの浪人であったとか。それがいろいろとあったあげく、江戸は深川に流れ着いたのだそうだが、その深川で父は死に、残された母が病床についた。

おいくはそういう意味のことをいった。

ひねくれてとれば、これはよくあるはなしである。

世に四角三角の卵はないとはっきりしているように、お女郎の涙は空泣きとむかしから相場はきまっている。が、与五六は、おいくの語りを虚言とはとらなかった。

病母の医療費などどこからも出るはずはない。で、おいくは思いきって身を売ることにした。二年の年季で一両二分、というのが彼女の身代金《みのしろ》だったが、身を売ってすでに一年余、あと半年もすれば年季は明けるのだが、年季が明けても、身を売るまでしてつくした母親も、いまはこの世の人ではなくなっている。と、おいくは吐息まじりにいい、

「いまはなんののぞみもないけれど、一つだけ、もしかなえられるなら嬉しいなと思うことがある」

と、結んだ。

「なんだね、それは」

与五六がいうと、おいくは与五六の手をやんわりと握って、

「それは、ヨゴさんと遊散船《ゆさんぶね》にでも乗って、どこぞ遠くへ行ってみたいと思ってること」

と、与五六にとっては思いもかけぬようなことをいった。いったばかりではなしに、おいくは赤く染まったまなざしでじっと与五六を見つめた。

与五六は、こんな燃えるような女の目に出くわすのは、初の体験だった。

与五六はどぎまぎした。

一日千秋の思いとまではいえぬにしても、こっちも嫂似のおいくに焦《こ》がれるものを覚えていたのに、以心伝心なのか、おいくもまた与五六に思いを寄せてくれていたのだ。

こんな体験もまた与五六には初だ。

与五六は魂が宙に浮くほどの思いをしたが、しかし、遊散船に乗るなどとは与五六にとっては夢のまた夢だ。

おいくのいう遊散船が洲崎《すさき》の浜や品川沖に遊ぶそれか、それとももっと遠くの、下利根《しもとね》あたりの磯をめぐるそれなのか、俄かにはわからないが、たとえそのどっちであったところで、与五六にとってそれはできない相談である。

「そうしてみたい気はおれにもあるさ。でも、そうはできぬ事情というのを、おれは実は

抱え持ってるんだよ」

いいわけではないが、与五六はつい零《こほ》してしまった。

「なんなの、そのわけって。あたしのような女でもよかったら、いってみて、ね」

おいくはまた与五六の目を捉えた。その目に射竦《いすく》められたわけではないが、与五六は、

「あんたのその目と、同じ目をしてた人の敵を討たにゃあならないんでね」

と、思わず口走ってしまった。

## 6

おいくからの文使いがきたのは、二月の、まだまだ寒い日の夕方のことだった。

あれからまた年を重ねて、天保も十年にはいっていた。

使いにきたのは馬道の路次番。路次番は横丁の番人であるのと同時に、二十か三十の鳥目《ちょうもく》で女どもの使いっ走りもするという男衆だ。

「たしかにお渡し申しましたからね」

もういい年の番人はそういい置いて、帰っていった。

おいくから手紙をもらうなんて、与五六にとってははじめてのこと。なにごとならんと

披《ひら》いてみると、それは、

「急いでお目文字を」

という呼び出し状だ。それもどうやら彼女の手で書かれたものと見える。

与五六は急いで家を出た。

時刻は七ツ（午後四時）下がり。

いま時分がおいくの見世ではもっとも暇のはず。その暇を狙い、身銭を切って遊ばせてくれるつもりかと、与五六はのんきなことを思ってみたりした。

おいくはやはり一人で与五六を待っていたが、与五六を見るなり、

「ヨゴさんの敵とはトオさんという名の人ではないの」

と、膝を掻き進めるようにして、与五六ににじり寄ってきた。

兄夫婦の敵は菊坂十一郎。トオさんならその十一郎かもしれないが、だしぬけにそうと聞かれても、俄かな返事はできない。その前に、いったいなにがあってそんなことをいい出したのか、順序としてそのことから聞かなければならない。

目で、与五六はそれを聞いた。

「きょう、昼間のことなの」

おいくは声をひそめていい出した。

気晴らしもあっておいくは下駄を突っかけ、外に出てみた。すると、たまたまなんだろうが、向かいのあやめ屋からおみちが出てきて、ばったりと顔を合わせた。

むろんお互いよく知っている顔である。

「いい日和だこと」

と、おいくがいうと、おみちはなにを思ったのか、カタカタと下駄を鳴らして近寄ってきて、

「ねえ、おいくちゃん、あんたのいろのヨゴさんを、後生だから譲っちゃあくれまいかね」

と、にやにやしながらいった。

この世界ではひとたびそういうことをすると、もうおいくは二度と与五六を受け入れるわけにはいかない。

そういう世界だ。

「冗談でしょ。あんたには骨っきりの人がいるじゃあないか」

おいくはいい返した。

狭いところだからお互いの内情は筒抜けだ。

おみちの骨っきりの人はトオさんとかいう名で、千住往来のどことかに住んでいる。年

は三十ぐらいか。ときどきこの馬道にも顔を見せるが、登楼するといったらきまっておみち。ほかの女には目もくれない。

それはこの町の女の大方が知っている。

だからそうといい返したのだ。

「あの人にあんた首ったけなんだろ」

からかい気もあって、おいくはそう重ねた。と、おみちはカラカラと笑って、

「トオさんもわるかぁないんだけどね、あいつはしみったれなんでね」

と、そのように応じた。

「自分でそういってるよ、おらァ丹波の山から浮かれて出てきた猿で、さだまったあるじもねえし、かかぁや子もねぇうらぶれの青さぶらい。だから使おうにも使うゼニがねえと、いつもそういってるよ」

おみちはトオさんとやらの口真似をしていい、あとまたカラカラと笑った。

口ぐせのようにトオさんはおみちにそういっているらしい。

「なにしてるのさ、その人」

おいくが聞くと、

「くわしくは知らないけど、どうかしたら大層なカネを持ってることもあるよ」

おみちはここで、袂《たもと》に入れた手で口許を隠すようにして、

「いつだったか、チラリと洩《も》らしたんだけど、どこかのカネ貸しの火取り虫をしているとかいってたね、そういえば」

と、打ち明けた。

火取り虫、すなわち貸金の取り立て屋。返金の滞《とどこお》っている先に行き、腰の物などちらつかせて強引に取り立てるか、または証文を書き換えさせて利息を二重取りする。そういうことをして、金主からなにがしかの銭《ぜに》を礼として受け取る。

それで日々の口糧《こうりょう》を得ているというのだ。

「よっぽどあこぎなことをしてるんだろうよ、だから罪滅ぼしだといって、あの人、月のうちの十日、二十日の両日はきまって橋場のほうの寺に詣《まい》ってるよ。その帰りさ、精進《しょうじん》落としだといってあたいを抱きにくるのは。おまえは女菩薩《ほさつ》だといってね」

「おや、ご馳走様」

「バカにおしでないよ、あたいは吝《しわ》いのもいやだし、抹香臭いのもいやな性分なんだよ、だからヨゴさんを譲ってくんなと、そういってるんだよ」

おいくが聞いたのはそこまでなんだが、そこまで聞いて、ヨゴさんの探している敵とは、ひょっとしたらそのトオさんではないかと、思いついたというのだ。

それがあっての文使いであったという。

聞いて与五六は呆然《ほうぜん》とした。

探してはいるのだが、なかなか所在を摑むことのかなわなかった十一郎が、もしかしたらついそこにいるかもしれないというのだ。いや、まだそのトオさんとやらが十一郎ときまったことではないが、年の頃といい、丹波から出てきたことといい、トオさんという名といい、どうもそのトオさんが十一郎に間違いないような気はする。

ましてや月の十日、二十日は罪滅ぼしのために精進するとはどうか。二十日は知らず、十日の日は兄夫婦の命日のその当日ではないか。

「ウン」

与五六はうなった。うなったのはいいが、うなったとたんにとんでもない思いが頭の隅に浮いて出た。もしもそのトオさんが十一郎なら、与五六は倶《とも》に天を戴《いただ》いてはならぬ敵と、天どころか、おみちという女を通して、世間でいうなんとか兄弟になっていたことになる。

与五六は渋い顔をしたが、たとえそうであろうとも、そこまでわかったからには、これは討たずばなるまいと思った。

「トオさんの住まいはわかってるのかね」

「それはおみちも知らないみたい。でも千住往来のどこかにはいるようだし、それに十日、二十日の夜にはきまって橋場の総泉寺様にお参りするとか。ですからお寺を見張ってればトオさんが十一郎かどうか、はっきりするんじゃあないの」

おいくだ。

「もっともだ」

与五六はうなずいた。

いつかの日、お互いの身の上など喋り合った際、与五六は浪人し、山之宿六軒町裏の長屋に住んでいると、おいくに喋っていた。

おいくはそれを覚えていて、きょうの走り使いとなったのであろう。

だが、と、おいくには見せられぬ顔で与五六は物想いに落ちた。

そのトオさんが十一郎なら、どうしても避けられぬ命のやりとり。そのことが俄かに現実のものとなって迫ってきたからだ。

うわさでは、十一郎はかなりの腕前であるという。一方、与五六には腕などといえるほどのものはほとんどない。名乗りを上げて正面から打ち合えば、十中の八、九までは与五六の負けだ。

与五六はおいくの耳聡《ざと》さをかえってうらめしくさえ思ったが、勝つ負けるは二の次。そうとわかったからには、やはり決着はつけなければなるまい。

与五六は腹を固めた。

連子窓の外にははや宵闇が迫っている。

そろそろ頬っ被りのぞめき連が繰り込んでくる頃合いだ。

おいくが身揚《みあが》りをしてこっそり呼んでくれたからといって、そういつまでも居座っているわけにはいかない。

「吉報、ありがとう」

与五六は礼をいい、とりあえず引き取ろうとした。するとおいくの白い手が延びて与五六の膝を抑え、

「ねえ……」

と、うるんだ目で与五六を見る。

おいくとて、いまは与五六とは一心同体のつもりであろう。なのになにもしないでこのまま帰してしまっては、あとがつらく、せつない。

そう思ったのかもしれない。

「ウン」

与五六もまたその情に溺《おぼ》れ、帯を解いた。

おいくも手早く帯を抜く。

室内はもう暗い。本来ならとうにともしびがはいっているはずだが、おいくはそれはしないでいる。そのうすら闇の中で与五六はおいくを抱いた。

おいくが与五六の足に、柔らかな素足を絡めてきたことは、いうまでもなかろう。

## 7

思いがけぬ袈裟がけを背にくらった十一郎は、うろたえ、そのままあとも見ずにかっ走った。いや、走りながらも見返りはしたようだが、見返って、かえってあわてたらしい。

相手は一人と、そう見ていたのに、いつの間にか二人になっている。これはとあわて、ひるんだ。とたんに足がひとりでに走り出したものであろう。走って、大門通りの木立の奥に逃げ入ろうとする。

そうはさせられないし、十一郎に一太刀浴びせた黒頭巾が何者かは知らんし、なぜまたそんなことをしたのかもわからないが、いまはそれを質《ただ》している暇はない。十一郎が身を翻したと見るなり与五六は逆襲に転じ、振りかぶった刃物を、逃げる十一郎の後頭部めがけて、片手殴りに叩きつけた。

ガツンとでも形容するしかない手応えがあったが、にもかかわらず十一郎はなお逃げる。

与五六は追い縋り、たてつづけに二の太刀、三の太刀を送りつけた。無我夢中の斬撃《ざんげき》であったが、さすがにそれが効いたのか、走っていた十一郎がばったりと倒れた。

与五六は火を呑《の》んだようなのどの痛みに堪えながら、十一郎を見下した。

十一郎は俯《うつぶ》しているが、まだ死んではいない。

ときおり四肢を痙攣《けいれん》させる。

それを与五六は夢見ごこちで見下していたが、しばらくするうち、どうも近くに人のいる気配を覚え、はっとなって後方を返り見た。と、いまの黒頭巾が、頭巾を脱ぎながら与五六に近づいてくるではないか。

与五六はそれをじっと見つめた。

男は意外にも小柄で、すでに刀は鞘に納めているが、それが頭巾を取ろうとて振袖から出した腕は、いかにもか細い。

ン……と、与五六は及び腰でその者を見たが、見たとたんに、

「ウッ」

といううめきがのどもとを破っていた。

黒頭巾の下の顔はなんとおいくではないか。

与五六は混迷するものを覚えた。おいくと呼ぼうとしたが、声は声にならず、思いはあ

っちに行きこっちに返りして、どうにも落ち着かない。

おいくも混乱しているのか、これも例のまなざしで与五六を見上げたまま、動こうとしない。

二人はしばし立ちつくしたが、そのうちに与五六の頭も若干の整理はついた。

そういえばこの日、与五六はおいくに別れを告げるべく、丁子屋の客になって、

「いろいろと、口ではいいつくせぬほどの世話を受けた」

とそういい、ふところから天保一分銀などの小貨を取り出して、

「今夜、もしかしたら死ぬやもしれんが、死んだと知ったらこれで線香の一本も立ててほしい。生きていたら、そうだな、うまくして生きて帰れるようだったら、いの一番におまえの顔を見にくる」

と、一両にも足りぬ有り金のすべてを、おいくの手に押しつけたものだ。

「わかった。ヨゴさんが死んだらあたしも死ぬ」

強い意志を秘めた目で、おいくも与五六を見て、いった。路傍になんとなく咲いた花と花、ほっておいても時節がくれば枯れて跡形もなくなる。与五六もおいくもそんな生き物の一つに過ぎぬが、ひとたび結ばれると絆《きずな》は強く、固い。それが男と女というものであろうか。

おいくが求め、与五六もまた今生《こんじょう》の別れとばかりに、痩《や》せぎすのおいくの背を折らんばかりに、強く抱いた。好いた同士だが、今わともなればこれしか別れの方法はなかろう。

おいくが立ち酒を用意してくれ、与五六はそれを飲んだ。

そういう別れをしてきたおいくだったのに、そのおいくがこともあろうに男装してあらわれ出たのだ。もし与五六が返り討ちにあうなら、自分も斬って出て、同じ刃の下に斃《たお》れるつもりであったに違いない。

おいくを見たことから与五六の緊張はほぐれたが、緊張がほぐれるなり与五六はなぜか、にわかにふるえはじめた。

臑《すね》の関節が音を立てそうなほどにも、ふるえる。与五六は奥歯を噛み締めたが、それへおいくが抱きついてきた。

抱き合ってみると、おいくもガタガタとふるえている。

二人の足許には十一郎が倒れている。おそらくもう意識はなかろうが、それでもまだ命の糸はどこぞで繋がっているのか、ときに鈍いうめきの声を洩らしたりする。けど、それももう間もなしに切れるであろう。

月が雲間にはいったとみえて、しばらくは暗くなったが、また雲間を脱したらしい。

与五六のふるえはやんだ。

「おまえは先に帰れ。残っていると面倒なことになる」

与五六はおいくにいった。面倒なこととは町奉行の取調べだ。あらかじめ届けてあっても、奉行所は奉行所でなにかと調べることがあろう。その間、身柄は拘束されよう。与五六はそれでいいとしても、おいくはそういうわけにはいくまい。

岡場所の女が見世を抜け出、あまつさえ男装なんぞして仇《あだ》討ちの場にいたとあっては、これは穏やかなことではすむまい。そこを心配して、

「早《はよ》う帰れ」

と与五六はいったのだが、おいくは、

「いやです。一人で帰るのはこわい」

と首を振る。

そりゃあ浅茅ヶ原のここらは淋しい。荒野か畑、そうでなければ寺ばかりという土地だ。灯の気の一つとてありゃあしない。そんな道だから女一人ではこわいのはこわいに違いない。けどおいくは、くるときには一人できたはずだ。それなら「こわい」はなかろうではないか。

「ここでだだをこねられてもどうにもならん」

と押し問答をしているところへ、わるいことに総泉寺から人が出てきた。

どうやら大門の外の騒ぎを見ていたらしく、それが決着したのを見て、出てきたものと見える。

寺侍らしいのを先頭に、二、三人が提灯《ちょうちん》を囲んできて、

「なにごとでござる」

と、引き攣《つ》った目で与五六、おいくを見、さらには倒れている十一郎を見た。

「敵討ちです」

与五六はいい、わが身と、十一郎の名を告げて、

「このことはすでにお届けずみです」

といった。

「そちらは」

寺侍はおいくに提灯の明かりを向けた。二人がかりで仇を報じたと、どうやらとっているらしい。

「あたしはこの人といい交わしたおなごです。敵が討てたらめおとになろうと約束してます。ですから今夜、ここまで見届けにまいりました。もしこの人が斬られるようなことになれば、あたしもこの場で死のうと、こんな脇差なんぞを用意してまいりました」

あらかじめ考えていたのであろうが、おいくはぬけぬけといってのけ、

「ねえ、そうでしょう」

と与五六を見た。

　与五六はあっけにとられていたが、そのうちに、

「ひょっとしたら、おれは地獄網にかかったのではないか」

と思いはじめた。海底を曳《ひ》く網にはいった魚は、はいったが最後、どうあがいたところで網の外には出られない。それが地獄網だと与五六は人から聞いているが、それと同じで、どうやら与五六はおいくの仕掛けた網に絡み取られたかのごとしだ。

けど、それはそれでいいんだと、与五六は思いなおした。

おいくの年季はもうそこに迫っている。年季が明けたらめおとになってもいいと、前々から与五六は考えていた。

だから地獄網もまた結構なんだが、それならそれでと、こんな場面だというのに与五六は、へんなことを考えてみた。

友人らの口だ。

「あいつ、選《よ》りに選って、兄貴の女房とそっくりな女を娶《めと》りゃあがったではないか。さては前々からやつは嫂にホの字であったのかもしれんぞ」

と、恰好の酒の肴《さかな》になるのではないか。そう思いついたのだ。

だが、そのときはいい返してやってもいい。

嫂は不運な死を遂げたが、その無念を嫂はわが手でみごとに霽らした。その嫂と兄嫁直しをしてどこがわるい。

そういい返してもよいと思いついたのだ。

与五六のいう「無念を霽らした」嫂とは、いわずもがなおいくのことだった。

この作品は徳間文庫オリジナル版です。

■初出誌一覧

| | |
|---|---|
| さんさの時雨 | 問題小説01年10月号 |
| 過去帳の女 | 問題小説02年6月号 |
| 違い棚 | 問題小説00年11月号 |
| 又敵始末 | 問題小説01年5月号 |
| レ点 | 問題小説01年2月号 |
| 嫂 | 問題小説02年2月号 |

徳間文庫をお楽しみいただけましたでしょうか。どうぞご意見・ご感想をお寄せ下さい。

宛先は、〒105－8055　東京都港区芝大門2－2－1　㈱徳間書店「文庫読者係」です。

徳間文庫

草《くさ》の根《ね》分《わ》けても



2002年10月15日 初刷

著者 西《にし》村《むら》望《ぼう》
発行者 松《まつ》下《した》武《たけ》義《よし》
発行所 株式会社 徳間書店
東京都港区芝大門二—二—二 〒105—8055
電話 編集部〇三(五四〇三)四三五〇
販売部〇三(五四〇三)四三三三
振替 〇〇一四〇—〇—四四三九二
印刷
製本 株式会社 廣済堂

〈編集担当 柳久美子〉

ISBN4-19-891781-7 (乱丁、落丁本はお取りかえいたします)